百味人生

李卫斌 著

西北大学出版社

图书在版编目(CIP)数据

百味人生／李卫斌著. —西安:西北大学出版社,
2017.5

ISBN 978-7-5604-4055-2

Ⅰ.①百… Ⅱ.①李… Ⅲ.①散文集—中国—当代 Ⅳ.①I267

中国版本图书馆 CIP 数据核字(2017)第 144246 号

百味人生

作　　者	李卫斌　著
出版发行	西北大学出版社
地　　址	西安市太白北路 229 号
邮　　编	710069
电　　话	029-88303404
经　　销	全国新华书店
印　　刷	西安华新彩印有限责任公司
开　　本	710 毫米×1000 毫米　1／16
印　　张	16.25
字　　数	243 千字
版　　次	2017 年 5 月第 1 版　2017 年 5 月第 1 次印刷
书　　号	ISBN 978-7-5604-4055-2
定　　价	45.00 元

自 序

每个人都会有自己的四十岁。

四十岁,不老,不惑。既有年轻人的努力,也有老年人的淡定,犹如磨合好的汽车,既耐用皮实,也省油经济;既有不服输的气魄,也有服输的勇气,知道了自己能干好多事情,也知道有好多事情自己不懂,也懒得去学;见过点世面,读过几本书,也过过苦日子,干过体力活,于是懂得珍惜。

过了四十岁,逐渐有些散漫了、恋家了。越来越不喜欢喧闹的场所,甚至连茶馆、咖啡厅都不愿意去了。闲暇时间,围着散发着历史气息的城墙转转;翻开几本文艺闲书,竟然昏昏然快睡着了。越来越不喜欢应酬。喜欢安静,喜欢写写文字,喜欢闲散地聊天。越来越不习惯激烈地争论,对也好,错也好,没有什么区别。

儿时的梦在四十岁基本都实现了,不饿肚子,有了能够放下书桌的寓所,有了些许的闲暇,有了幸福的家人,有了一辈子的好友,有了基本的信仰,似乎一切都好。

四十岁,习惯了留恋,恋家、恋故乡、恋故人、恋故事;四十岁,仍喜欢触摸,触摸历史,感触人生;四十岁,也不免执拗,扫描人世的角角落落,有稀奇古怪,也有人生百态;四十岁,开始思考,开始以旁观者的眼光审视自己,凝视灵魂,挖掘心灵深处,剖析自我的弱点。

　　也许,还有很多不如意,但是人生过了四十岁,知足了。

　　权以这些年积攒的这些胡言乱语的文字作为自己四十岁的生日礼物。

2016 年 8 月写于审计厅家属院

目录

自　序　　　　　　　　　　　/ 1

第一篇　留恋

一个村庄里的年　　　　　　　/ 3
童年童谣　　　　　　　　　　/ 8
老物件　慢时光　　　　　　　/ 10
武功轶事　　　　　　　　　　/ 13
享受自由　　　　　　　　　　/ 17
看大戏　　　　　　　　　　　/ 20
庭院的梦想　　　　　　　　　/ 24
秋天的柳　　　　　　　　　　/ 26
思　柳　　　　　　　　　　　/ 28
冬日里的暖　　　　　　　　　/ 29
秋　思　　　　　　　　　　　/ 31
秋思——诗两首　　　　　　　/ 32
黄山和婺源的心灵增益　　　　/ 33
致青春：我的高中　　　　　　/ 37
周日之游走扯袍峪　　　　　　/ 40
西安的性格　　　　　　　　　/ 42

	回家过年	/ 44
	怀念西安	/ 45
	春节的记忆	/ 46
	Cedar Campus 旅行日记	/ 48
	麦迪逊旅行记	/ 52
	望梦斋之经典语录	/ 55
	老　屋	/ 57
	某人的冬天	/ 59
第二篇　触摸	来自远古的富裕	/ 63
	生活在左岸	/ 65
	彼岸花	/ 68
	粽子节里悼屈原	/ 70
	杜甫与杨虎城	/ 73
	假如　今天是你的生日	/ 79
	没有目的的旅行	/ 80
	冷峻、严肃和不动声色的幽默	/ 81
	也说时间	/ 83
	每一次相遇，都是久别重逢	/ 84
	又认识你	/ 86
	冯从吾，其人其事其碑	/ 87
	智慧、善良、胸怀——写在教师节	/ 90
	感谢对手	/ 92
	寂寞之于生命	/ 94
	食物、色彩、信息及其他	/ 96
	一盏温暖的灯	/ 100

第三篇 扫描

那年,那月,那人——殉道	/ 107
那年,那月,那人——疾恶	/ 109
那年,那月,那人——不朽	/ 111
那年,那月,那人——极端	/ 113
那年,那月,那人——不苟且	/ 119
恰 好	/ 122
自由与价值	/ 125
空间与艺术	/ 128
守 住	/ 130
醒在梦里	/ 133
他者视野下的我者	/ 135
寻找,就寻见——从信仰的角度重读《西游记》	/ 137
行走在爱中	/ 140
"规纳"的价值	/ 143
老铁匠与茶壶	/ 145
情感创新力	/ 146
也论时空穿越的可能性	/ 148
关中方言考	/ 151
寓言几则	/ 154
几个佛教词汇	/ 156
新的,旧的	/ 158
寺 庙	/ 160
风未动 心已动 情自生	/ 161
关中小故事:韩信"惯娃"	/ 162
水的精灵	/ 163
回家的路	/ 164

在路上	/168
走　路	/170
绿茶、咖啡与酒	/171
关于成功	/172
越　位	/174

第四篇　凝视

猕猴桃	/177
意　义	/180
个性的存在	/184
生活不止诗和远方的田野,还有眼前的苟且	/187
爱与喜欢	/190
颓败、软弱、等风及其他	/192
人生的意义	/195
变老也是一种美	/199
相　信	/201
那些年,写给自己的文字	/203
秋天的对话	/205
站在你的时光里	/208
微　笑	/210
我的故事:2012年	/211
读书是一种旅行	/213
学习写字	/214
钟与幡	/216
凝视灵魂	/217
那是苹果	/222
在心灵的路上	/224
醒　醒	/225

我的 2011		/ 226
挺好的，小人物！		/ 227
承　诺		/ 228
在柔软的时光中沉溺		/ 229
转　身		/ 230
写在生日边上		/ 231
亲　人		/ 233
愧		/ 235
丑妻、老狗、热炕头		/ 236
这三十六年		/ 238
做点小事		/ 241

附录	教育的本质就是爱——《爱的教育》读后感	/ 245
	那只牵引我走出痛苦的大手	/ 247
	我看我们班的展示台	/ 249

后　记　　　　　　　　　　　　　　/ 250

第一篇 留恋

一个村庄里的年

腊月三十早上早早回家,正月初三晚上终于赶在天黑前回到了西安,在老家过的年也基本上结束了,不得不回到现实的城市中。1月31日,我终于累得起不来,早上九点才起床,并且在家宅了一整天,匆匆忙忙地看完了《一个村庄里的中国》,关于乡村的思考也逐渐清晰起来,才有了下笔记述家乡的欲望。

(一)义乐寺村

义乐寺在我小时候记事起就已经存在,至于寺庙是什么样子,或者供奉着什么样的神像,这些印象已经荡然无存。义乐寺现在只留下一个名字,留在当地人的口头和记忆中。很多时候我们知道国家的历史,却不知道家乡的往事;知道伟人的事迹,却不知道邻里平凡人的生平。

依稀记得在上小学的时候,学校厕所前面有一栋老房子,平常都锁着门,里面好像还有毛主席的半身塑像。后来塑像被小学校长一脚踹倒,轰然倒地后这尊石膏像顿时四分五裂,我当时还捡了一块,作为平时画字用的粉笔。据说这栋老房子就是原来寺庙用来供奉神像的地方,后来神像被损毁,就变成了学校。再后来作为寺庙唯一遗存的这栋老房子也被拆了,拆的时候从胡基(土质的砖)缝中找到许多的麻钱,由于年代久远,都锈蚀在一起了!

义乐寺小学就是在义乐寺原址上建成的,操场比教室低好多,以前在操场大扫除拔草的时候经常有人会从土里翻出人的头盖骨,操场是不是以前的坟场不得而知。现在以义乐寺命名的,除了村名,还有小学,以及每年农历四月初八和三月十六的古庙会。

义乐寺周边有三个自然村,义李村、义南村和义老村,这三个自然村以前由八个更小的寨子构成,如曹家跟、老堡子、东李家、西李家、义南野等。义李村,以李姓为主,分为东李家和西李家,还有高姓,位于小学以南,人数在三村中最少;义南村,以韩姓、杨姓居多,位于小学以东,人数居中;义老村,以王姓居多,曹姓、高姓有一部分,位于小学东北,人数最多。

三个村子在20世纪80年代都走在了市场经济的前列,先后办起了石棉瓦厂、造纸厂、油毡厂。造纸厂也曾经扩建到四个,石棉瓦厂每村一个,起初的几年还都取得了不错的效益,也都成为全县乃至全省学习的榜样。记得有一年为全村村民分红,提现几十万元,全是十元一张的,煞是壮观。后来由于技术门槛低、污染严重、经营人才短缺、官商不分等原因陆陆续续停产倒闭,连场地也被长期廉价出租给个人,至今村办企业已经全军覆没。

三村毗邻而居,原同属于车站公社,后归辖于北营乡,撤乡设镇后归属于普集镇,后来普集镇改名为普集街道办事处。三村虽联系密切,几乎每年都联合起来唱大戏,但是所有事务均自主决定,不知何故合三为一,合并成为一个行政村。据说,原自然村、各个宗族为争取在村委会和党支部里的席位而争议不断,颇有些议会制的意思!

周边的董家村和朱家村,本来没有任何联系,就是因为连畔种地的缘故,被合并成一个行政村董朱村,名称叫得不伦不类!

与这个村庄有类似命运的还有陕西的西咸新区,本来是为加快西咸一体化进程,而后来因为利益的不均衡,一直发展缓慢,一会儿是沣渭新区(西安管辖)和泾渭新区(咸阳管辖),一会儿是五个新城,结果还是一团糟,2017年又全部划归西安。无论是一个村,还是一个地区,政策的摇摆不定,既浪费了大量的行政资源,也为今后的发展埋下了隐患。

(二)小城镇

义乐寺村,人口有四千人左右,交通较为便利,乡村道路全部硬化,有三路公交车经过,开往县城。农业基础较好,土地全为水浇地,而且实现了暗管节水灌溉。沿五号路(县道)周边种植了猕猴桃,沿渭河北岸种植了樱桃、核桃,并有利用世行贷款建设的鱼塘若干。

现在有规模较大的超市两个,辐射到周边村落。超市里有蔬菜调料、烟酒礼品、五金百货、衣服鞋帽,和城里的超市相比毫不逊色。就连南方的腊肉也有好几个品种,可以刷卡消费和微信支付。隔壁就有村淘的网点、各种"通"的物流收货点,许多农民也利用微信、淘宝做起了网上生意,猕猴桃和樱桃成熟的时节,快递员直接去地头装箱,直接发快递。

小商店几乎每隔几步就是。村里有医疗室三个,有健身器材、篮球场地。自来水已经通达每户,家家户户都安装了太阳能热水器和卫星电视接收天线。美中不足就是卫生条件较差,没有污水排水口,村道上堆放杂物、侵占公共场地、垃圾清理不及时等现象比较严重。冬季公共取暖设施没有,还是依赖火炕、电热毯等。

农村消费意识变化较大,以前村民都是过年自己蒸馒头,现在都是买馒头;以前都是买好整个正月吃的菜,现在即使大年初一都会去超市买菜;以前出门都是自行车和摩托车,现在随时可以叫出租车。

农村中购买的小汽车的年轻人已经有几十家,加上过节过年回老家的城里人,堵车现象已经出现在繁忙的村口和乡道、村道上的十字路口。

农村相较于城市,消费几乎不落后,对于土地也没有过多的依赖,村民的收入几乎全部来自于出外打工。年轻人对于种地几乎没有什么兴趣,"80后""90后"的新一代打工者不愿意也不会种地,种地只能依靠老人,或者出租土地。无地的农民已经成为常态,也有许多年轻人不屑于在农村生活,纷纷在县城买了房,孩子在县城受教育,成为实际意义上的城里人。

宅基地成为稀缺资源,由于传统观念的缘故,村中的人即便是搬离农村长期闲置,也不会卖掉祖宅,以免落下败家子的名号。而新生代不愿意和老人、兄弟生活在一起,所以对独立空间要求较大。可是关中一带人均耕地较少,宅基地资源紧缺,所以屡屡出现在自家农田上盖房子的违规事件,而且大有蔓延之势,政府罚款我交,交完罚款我继续盖房。

（三）乡村政治

乡村，本应该是村民自治的最好组织，然而年轻的村民无意于参与乡村的治理，村委会和党支部几乎没有新成员的加入，都是五十岁以上的人在当政。一则由于没有过多的集体收入，年轻人不屑于参与这种吃力不讨好的事情；二则年轻人已经融入城市生活，不习惯农村鸡毛蒜皮的乡村事务；三则上了年纪的村干部已经习惯于用传统的方式来管理村务，"除了当村干部，啥都不会"，所以不愿意放权。

有能力、有精力、有想法的人不愿意干，这是乡村政治遇到的最大的尴尬。人们越来越不关心所谓的民主和权利，只关注自己的钱包是否装满。乡村得不到的，比如公平、教育、医疗等都可以在城市花钱买到，尤其对于乡村精英来说，谁还愿意花费功夫待在乡村。

一旦大家学会了用脚投票，乡村这一最适宜于直选的组织将丧失时机！

（四）家风

家是每个个人组成的最小社会单元，现在很少谈家规，然而家风却时时刻刻影响着家乃至家族的发展。

在回来的路上，儿子问我为什么今年没有召开家庭年会？以前我们每年都会召开家庭会议，每个人总结自己一年来的工作、学习和家庭生活，计划一下下一年。这个年会已经延续了好几年，逐渐成了习惯。我本来以为大家会反感这一活动，问来问去的会不会让大家讨厌？

我问儿子为什么我们家过年的时候大家会特别团圆？

他总结到必须要有一个和善的长者，必须要有一个有威望的组织者，必须要有勤奋宽容的家风。

母亲，作为一个目不识丁的农村妇人，却教会我们不计较、懂得感恩！每次回家母亲都会念叨着张三又给她一把葱、李四又给她两个苹果，邻居的好处她会一直念叨。我们每次带回家的东西，母亲也总是东家送一点，西家送一点,从没有吝啬过。

我每年也都按时回家组织大家过年,备好的年货大家都分一点。对待亲戚也都低调耐心,对待下一代也都能给他们一丁点建议。三个姐姐和姐夫、我们夫妇也都不计较,互相照顾,孩子们也都在各自的岗位上勤奋努力。虽然都没有什么职务和财富,但是都是依靠自己的劳动和勤奋赢得尊重和认可。

说到家风,长者的日常行为就是最好的家风!工作无论贵贱,都要认真对待。无论是建筑活还是文案,无论是写代码还是企业管理都力求最好,少说话多干活,少虚伪多真诚,该自己的自己拿,不是自己的不能贪。也许我们都是天赋平平的人,所以家族中都是踏实做事的平凡人,懂得分享、懂得忍让。

童年童谣

农村孩子的童年总是让人回味无尽,尽管没有过多的玩具,但总是有一大群的小伙伴,有花不完的时间和数不尽的鬼点子,所以农村孩子的童年更加有趣和令人怀念。

(一)灯笼会

农村过年的时候,由于过去没有路灯,天一黑下来整个村子就是漆黑一片。初四初五之后小孩子的外家(外婆家)陆陆续续都送来了新年贺礼——灯笼,于是街道上除了鞭炮,便是星星点点灯笼的天下,各式各样,有红灯笼、黄灯笼,有马灯笼、龙灯笼、鸡灯笼。孩子欢呼着,点上蜡烛,互相比试着,互相炫耀着。

很快,大家就会围成一圈,选出两个小伙伴碰灯笼,其他人唱着:"打灯笼,碰灯笼,他外家给娃送灯笼;打灯笼,挑灯笼,谁不出来挖眼睛。"两个主力队员则在中央碰灯笼,灯笼或被碰灭,或被碰倒蜡烛后一下子烧起来。等到大家玩尽兴了,纷纷唱着"灯笼会,灯笼会,灯笼灭了回家睡",这才依依不舍地回家睡觉了。

(二)椿树为王

陕西很多地方有个习俗:男孩子个头长得慢,就让他悄悄在农历大年初一凌晨早起,直接到一棵椿树边扶着椿树左转三圈、右转三圈,边转边默念:"椿树椿树你是王,你长粗来我长长;你长粗来能盖房,我长高来穿衣裳。"转一圈念一遍,来年小孩就长得快了。

据说有兄弟两人,弟弟长不高,而且老学不会口诀,于是他转圈让哥哥念口诀,于是哥哥长得很快,弟弟却没见长!多年以后都人到中年了,弟弟还老拿这个事和哥哥开玩笑。

为什么童谣里说椿树为王,查了下网络,原来有这样的传说。相传西汉末年,光武帝刘秀即位前被王莽追杀,刘秀藏身于一个到处生长有杂木树丛的村庄内。时值盛夏,酷日当头,饥渴难忍。刘秀筋疲力尽地躺在桑树下,这时忽然落下一粒紫红的桑椹果。他顺势拾起塞入口中,顿时精神百倍,爬上桑树吃了个饱。刘秀登基后,为报救助之恩,来村寻桑,此时金秋已过,凉风尽扫落叶,只有椿树上的椿谷穗迎风唰唰作响。刘秀抬头一看,误封椿树为王。桑树得知,一气之下,憋破了肚皮,长年流着桃红色的泪水,久治不愈。从此留下了"桑树流泪、椿树为王"的传说。

(三)七层层八棱棱

有一位朋友是彬县的,他说彬县县城内有个开元寺(后来毁于战火),寺内有个塔叫开元寺塔,也称"彬塔",俗称"雷峰塔",此塔为北宋时期所建。

当地流传着一首童谣——"七层层,八棱棱,二十四个窟窿窿,五十六个铜铃铃。"童谣形象地说明了塔的形制特点:该塔是一座楼阁式砖塔,共有七层,塔身呈八角形,分别面向八个方位。除底层外,塔身每层都有拱形门洞和长方形的假门相间,逐层依次变换方位,叠涩出檐。斗拱飞檐,滴水瓦当,石作角梁,各挂风玲。塔刹为铁制圈形,圈内是一个奔放的花瓣,造型颇为精美。整个塔体外观挺拔秀丽,显示了我国唐宋时期精湛、高超的建筑技艺。塔体经过千年风雨剥蚀,特别是经受了明中叶的关中大地震亦未撼动,足见其固。

这首童谣已经经由彬县祖祖辈辈流传下来,散发着浓浓的彬县味道。

童年早已成为历史,可是这些童年的趣事却深深地镌刻在每个游子的心里。

老物件　慢时光

（一）

　　每一件老物件都有一段历史,或是辉煌闪耀,或是默默无闻;或是载入史书,流转千年成为沉甸甸的历史,或是淹没在茫茫的时光里,没有一丝的痕迹。

　　住在西安,总莫名地对历史有一种迷恋和膜拜:我脚下的这块土地五十年前发生过什么?百年前这里是否也是人来熙往?千年前是否也有人以这样的方式质疑自己的存在?

　　西安人对西安的历史总是自豪的,每每讲起周的天下、秦的一统、汉的大气、唐的荣盛,总有一种历史的使命感,总喜欢翻翻皇帝们的家谱,聊聊冯从吾、张载与牛兆濂。然而历史不总是圣人贤士,多数人都是些平凡的俗世百姓。

　　一些老物件上总是附着岁月的质感,平凡沉稳,陈旧老到。一盏老马灯,也许数十年前它就照亮了风雪夜里的过路人;一座老碾盘,也许它见证了一个村庄百年的兴衰;一盏有豁口的茶盏,也许几百年前它见证过两个酸腐的落魄书生对茶吟诗。一切都是也许,也许它们辉煌过,也许更多的是它们一直平凡,从诞生到消亡都无人意识到它们的特别。但是它们确实存在过,经历过,感受过,对它们来说这就足够了!

　　前几天在北郊的一个工地旁捡了两块青砖,大、厚、沉,一只手拎一块,走了200米就已经气喘吁吁了。砖是普普通通的青砖,没有铭文,没有纹饰,无法获知它的准确年代。也许是新中国成立前地主家铺地面的青砖,也许是清代井台上放辘轳的青砖,也许是明代城墙上抵御来敌的青砖;或者也许曾在殿堂上听过大臣商议国是,后又被付之一炬,再后来被农民垒了猪圈；也许……

在我眼里它就是一块砖，平整，敲之如铜铁，音亮；颜色青中泛黑，没有杂色；比我年龄大，有一股陈旧的味道，比我经历了更多的风霜雨露；和我一样平凡，和我一样归于平凡。然而在众多的砖当中，能够完整地保留下来，并且被一个人捡获，置于显眼的位置却是不易的。百年之后，我们可不就和这块青砖一样，或许还没有它幸运。

（二）

自由是什么？

摆脱了一种束缚便是自由！摆脱了政治上的压制，便是政治自由；摆脱了金钱的诱惑，便是财务自由；摆脱了时钟的胁迫，便是时间自由。然而这些都是以满足某种欲望为前提的自由，很多人以此为人生的理想和目标，这些还不是真正意义上的自由！

"自由就是没有恐惧。当你不再恐惧时，当你的心里充满爱时，自由就会自然而然地产生。试图摆脱某种事物而获得自由，或刻意去追求自由，都无法让你得到真正的自由。一个总想依赖的心灵是不可能自由的。你会发现只有自由的心才是谦和的，谦和而自由的心才有能力学习。"

"自由是一种无限的空间。当空间不够的时候，暴力一定会出现。"

印度著名哲学家克里希那穆提如此认为。

心灵的自由是一种了悟和自我发现，不可能通过特殊的学习和训练产生，爱的充盈，自我的探索才有可能到达自由的彼岸。

（三）

最近央视播放的纪录片《家风》很有意思，似乎是"破四旧"以来首次对"族意识"的认可和宣传。它是一种潜藏在种族中，对族群中所有人一致的、有意识的、长期的族群修养，缓慢、持续地影响、改变整个族群。

慢，必须足够得慢。几年，几十年，几百年；一代，两代，几十代，如文火慢烧，浸透在所有族人的血脉中、骨髓里。慢，意味着低效；慢，意味着不断的强化；慢，意味着足够的耐心。

慢，在快节奏里就是个笑话和讽刺，迂腐守旧，死板木讷。慢，在变化面前，变得无所适从，随时会被挤压变形、污染损坏，甚至抛弃。

而慢恰恰是一种寂寞的坚守和优秀的品质，无法在社会里传播，就在族群内延续；无法要求他人，就严苛族人；一个人无法完成，一群人却可以互相激励，互相监督；无形的东西，慢慢变得有形，貌似无用的树木无意间会结出丰硕的果实。

当时光老去，当乌云散去，一种心灵的自由气息在族群中慢慢传承，这便是家风！

武功轶事

最近越发对故土感兴趣,故土、故人和故事混合成一杯浓烈的美酒,年份越久远,酒香越是神秘、迷人。先是翻看了张世英编撰的《武功县续志》和李浩先生的《唐代关中士族与文学》,接着在网上翻阅了些许的资料,越来觉得故土神奇、深奥。武功的历史长河中,既有三皇五帝的踪迹传说,也有皇帝、群臣的正史趣闻,还有乡间闲人的稀奇古怪。

(一)绿野书院与横渠先生

武功老县城(今武功镇)南关西侧有土山名曰"小华山"。据史书介绍,传说炎帝之母安登,曾游华阴(小华山)有感,身怀有孕,居期而生炎帝。故称为"小华山"。山间有亭,因山水明丽、古柏森蔚,故名曰"绿野亭"。宋神宗熙宁元年(1068年),四十九岁的理学大儒横渠先生(名张载,字子厚)应武功主簿张山甫之邀,在此处讲学,从学者甚多。后绿野亭即成为授徒讲学之处,一时间周边扶风、眉县等地贤士聚集,自此武功之绿野亭因横渠先生声名大震。明弘治八年(1495年),户部尚书李瀚以御史巡案至此,过其地,仰其人,肃然起敬,乃与吏部尚书杨一清、县令宋学通将此处改名"绿野书院";因旧址狭小,乃移迁于今绿野中学校址处,一时间莘莘学子云集。绿野书院自明以来,曾多次修葺。特别是清嘉庆十四年(1809年),知县张树勋号召地方士绅,仿照明时式样对其全面重修了一次。然世事巨变,沧海桑田,随着清朝的灭亡,薪火相传四百余年的绿野书院只留下了一段历史,胜迹难寻。

识横渠先生,却是因为西工大附中的校训横渠四句:为天地立心,为生民立命,为往圣继绝学,为万世开太平。横渠先生之后人经过世代变迁,均迁出眉县,竟无人管护墓地和张子祠。明万历四十六年(1618年),

仰慕张载学说的凤翔知府沈自彰见状便想迁回张载后裔。当时曾任御史的关学大家冯从吾因直言进谏被贬,已在家攻读关学二十多年。他闻讯后,给沈自彰写信,告知滦州有张载后裔。至此,张氏后裔迁回眉县,精心地保护着张子祠堂和张载坟茔。

关学由张载于北宋初始创,后因朱子学兴起,迄南宋及金元日趋消沉,然至明代,因有吕泾野(柟)诸君重振之功,关学遂有勃兴,至晚明由冯从吾而总其成。找寻张氏后人成了关学传承的一段佳话。

诗曰:

横渠讲学绿野亭,一时路上无人行。

千载悠悠书院无,小华山前闻雨声。

曾经参观过著名的岳麓书院,其留存完整,书香雅致,是一个难得的去处。南宋乾道三年(1167年),著名理学家张栻、朱熹曾在岳麓书院举行"会讲",开中国书院会讲之先河,也留下一段佳话。

有诗亦云:

烟雨空濛竹色新,御书院前池鱼深。

千年朱张会讲夜,似有秉烛听道人。

(二)苏蕙与璇玑图

相传武功苏坊有一女子,姓苏名蕙字若兰,是陈留县令苏道质的三姑娘。若兰自幼天资聪慧,三岁学字,五岁学诗,七岁学画,九岁学绣,十二岁学织锦。及笄之年,已是姿容美艳的书香闺秀,提亲的人络绎不绝,但所言之人皆属庸碌之辈,无一被苏蕙看上。苏蕙后嫁于秦州刺史窦滔。

窦滔将军生来一介武夫,对于文才诗意毫无兴趣,苏蕙大失所望,因而也愈加地落落寡欢,还不时地控制不住自己的情绪,发上一通脾气。后来窦将军遇到了歌妓赵阳台,将其娶作偏房。赵阳台不但能歌善舞,而且娇媚可人,窦滔对她宠爱不已,对妻子苏蕙却越来越冷淡。后来,窦滔奉命出镇襄阳,他只带着赵阳台便去赴任了。

苏蕙夜以继日地用吟诗作文来排遣孤寂的时光。她每天写上几首思念诗,年复一年竟写成千余首。一天,她心不在焉地把玩着一只精巧的小茶壶,壶身上绕着圈刻了一圈字——"可以清心也",于是灵感顿至,她设想可以利用这种巧妙的文字现象,来构成一些奇特的诗。

她便费了好几个月的工夫,把诗织在锦缎上,锦缎长宽都是八寸,上面织有八百四十一个字,分成二十九行,每行也恰是二十九字,每个字纵横对齐;这些文字五彩相间,纵横反复都成章句,里面藏着无数各种体裁的诗,诗意多为倾诉她的思念之情。苏蕙将这锦缎命名为"璇玑图"。璇玑,原意是指天上的北斗星,之所以取名璇玑是指这幅图上的文字,排列像天上的星辰一样玄妙,知之者可识,不知者望之茫然。

"璇玑图"织好后,苏蕙派人送往襄阳交给窦滔。旁边的人见了这图,都不知其中有何含意,可对诗文不甚通解的丈夫捧着"璇玑图",竟完全读懂了妻子的一片深情。当即,窦滔派人接来苏蕙,自此夫妻恩爱。

直至现在武功一带仍有结婚时女方赠送男方手帕的习俗,手帕既是璇玑图的延续,也是对丈夫忠贞不渝的承诺。武功女性善织造之风也流传至今,苏氏手织布享誉海内。

(三)武功苏氏与关中士族

隋唐时代的关中士族,首推"韦杜",武功苏氏亦"不啻长安韦杜"。明武宗正德十四年(1519年)状元康对山撰《武功县志》,编次《人物》卷时,不禁感慨,武功苏氏"不啻长安韦杜",录用"序之,使好事者诵说焉"。

武功苏氏,起于周、汉,兴于魏晋北朝,盛极于唐,彪炳于典册,焕然生辉于故里,启迪今人,诚多助益。

苏氏中,苏武为人所共知。他是代郡太守苏建之子,武帝时为郎。天汉元年(前100年)奉命以中郎将身份持节出使匈奴,被扣留。匈奴贵族多次威胁利诱,欲使他投降;后又将他迁到北海边牧羊,扬言要公羊生子方可释放他回国。苏武历尽艰辛,留居匈奴十九年而持节不屈。至始元六年(前81年),苏武方获释回汉。苏武去世后,汉宣帝将其列为麒麟阁十一功臣之一,以彰显其节操。

苏氏后人有苏纯、苏章、苏则、苏愉、苏绍、苏稚、苏湛、苏绰、苏亮、苏威、苏夔等人。学界公认苏姓一族源于苏建(封平陵侯,居长安,葬武功),其后代遂居家于武功,苏氏至此称武功人。武功成为苏姓总派系,今世界各地苏氏皆宗武功。

是故,高速公路武功出口处矗立苏武牧羊之雕像。

(四)奇异

张世英编撰的《武功县续志》记载了一些奇异之事。

(同治)九年一鸟自云下集城隍,灰色,展翅如车轮,食一牛略尽,众围观视之,傲然不惊,群燃枪击之,久始毙,食其肉者多病,有死者。

光绪四年岁大饥,自岐山以东至县北乡。厓土白腻类麦面,乡人呼为石面,争取食之,多病癃闭,或以此死。

享受自由

一片辽阔的天空,点点绿洲,几个懵懂的少年无忧无虑,或许还有几只羊,一条浅浅且清澈的小溪,这就是丝丝缕缕关于自由的朴素的记忆,来自远古的、源自祖先的自由基因,这就是我们渴望自由的本底。

据说,曾有苏格拉底的学生怂恿苏格拉底去热闹的集市看看,他们猜想老师一定会在热闹的集市上满载而归。后来学生问到老师在集市上的收获时,苏格拉底说:我这次去集市上收获很大,就是发现这个世界上原来有那么多我并不需要的东西!

一叶一世界,一树一菩提。

自由来自于内心的满足与安定,精神的喜乐与丰盈。

(一)放弃"抓取"

妻已经因为眼睛的问题,病休好长时间了。她起先是恐惧的,总是恐惧万一失去了光明,世界岂不是全是黑暗?那段时间里我们四处寻医问药,西医中医、吃药按摩,效果是有的,但是总是微乎其微。起初总是充满了期望,后来被庸医欺骗了好多次,积攒了好多无用的药之后,我们终于认识到这是没有出路的。

我们不自由,我们恐惧,是因为我们更愿意抓取,却害怕失去;不愿意照耀别人,更愿意厚藏自己。后来妻认识了很多了人,认知了很多事,所以她变得信心满满,更愿意帮助人、理解人,在她的眼里没有了黑暗,更多的光明来自于内心的充盈。

我不害怕黑暗,因为我的心里全是光明和荣耀;我不恐惧,因为我的脑海里全是恩典和喜乐。

后来偶然认识了一位邻居,我们后来成了好朋友。她经常为妻针灸,甚至是上门治病。她是自学的,不辞辛劳,每星期都坚持。我们信任她,她也信任我们,因为大家心里都是敞亮的。

帮别人的时候,我们自然被帮助,这是预备好的。

(二)偷来的自由

由于工作的地点由较近的繁华地段搬迁到三环外,所以每天必须早早出发。于是我每天6点50出发,顺道送孩子,然后7点20就到达公司附近。寻一处僻静处,驻车在一段小河旁,幽静、阴凉,远处不时有布谷鸟的啼鸣"算黄算割"(算:在陕西方言中是一边的意思),收割机收割过的麦田犹如孩子写完的作业,整整齐齐,干干净净;微风拂过,夹杂着泥土的清香。

借着偷来的一个小时,坐在田畔边,野草野花自由地生长着,似乎在歌唱着它们的自由与喜乐。捧一本沈从文的《边城》,恬淡、自然。近乎一个世纪以前的偏远市镇里的百姓,一如今天的百姓,朴素、简单,容易满足。那些水手、摆渡人、市井里的旅馆老板、行伍兵人、游侠黑客、妓女娼妇,也都那么丰满、可爱,因为他们本身就是历史长河中的一粟,但他们自己生活的情、爱都是自己幸福的源泉。对于历史,他们也许微不足道,也许历史中他们只是一抹烟、一抔土。对于他们自己,他们幸福过,满足过,体验过,这就知足了。让历史随风而去。

多出来的时光,丰腴安静,没有过的充足,像是孩子从旧书本里找的几角零钱,完全是失而复得。

自由原来可以很简单。

(三)从头越

搬了办公室,空出的墙面,让一位好友写了一幅毛主席的《忆秦娥·娄山关》,"雄关漫道真如铁,而今迈步从头越。从头越,苍山如海,残阳如血"。

好友以淡墨、行草书之,消了几分肃杀,多了柔和和期许。

有几分豪迈。从头越是一份责任,更是一个历程。从头越越什么?越过过去、越过过去的我,重生一个崭新的我。

看大戏

在农村，除了春节和庙会之外，少有的热闹便是唱大戏，这是城里人无法体会的乐趣。

唱大戏，其实就是秦腔剧团在乡下演出，一般都由几个堡子出资。富裕的、大一点的堡子由集体出钱，稍穷一点的家家户户筹资。提前几个月就会由管事的人联系好戏班子，省城的剧团最好，实在请不到，至少也得有几个名角压阵。

（一）看日子

唱戏的日子会提前选定，一般选在重要的庙会、春节，或者有纪念意义的日子，冬季农闲和春节为最佳。春节气候渐暖，地里除了拔草也没有什么农活，碎娃们还没有念书，要出外的还没有启程，所以春节的戏最为热闹。

日子选定了，戏班子订好了。于是村东村西的砖墙上贴满了用红纸写的捐款筹资名单和具体唱戏的日子。准备工作于是有条不紊地展开了。

年轻人从大年初一上午开始练习打家伙（包括牛皮鼓、锣、钹、小号等）。全村老少爷们围成一圈，指挥的老者站在中央，举着缠着红布的木棒，手舞足蹈地指挥着，好似爱乐乐团的指挥一样，热了脱掉棉袄，单衣上阵。鼓是牛皮的，打之前用麦草火烤一下，声音嘹亮，擂声震耳，回音绕梁。鼓槌是树上折下的树枝，鼓槌在鼓帮上敲打，很快鼓槌就掉了青皮，变成了白溜溜的。鼓点之前，一般是急促的锣声和号声，似召唤，似集合，似列队出征；鼓点慢快有序，声紧处似万马奔腾，排山倒海；宽松处，如闲汉挑担，缓缓悠悠。

锣鼓家伙一响，全村老少自然不约而同来到村口，打家伙的打家伙，围观看热闹的更是熙熙攘攘,就连碎娃们也忘记了放炮,随便寻几个小树枝也在鼓面上敲打。春节没有个响动,老少爷们总觉得少了年气。

听老辈人说,从清代开始,每逢观音堂、霄皇殿、义乐寺、武功镇等地区的古庙会,附近各村就有数十人至百余人的锣鼓队整装列队赴庙会"进香"的习俗。中下塬鼓点稀,节奏缓,钹、锣响亮变化多,紧鼓慢打,铿锵中见平雅;上塬鼓点稠、节奏紧、速度快,钹锣烘托鼓声,雄浑壮烈。家乡武功作为秦唐文化的发源地,受秦唐好征战的影响,文化积淀深厚。各乡镇所敲打的锣鼓套路,其点数、风格各有不同,义乐寺、霄皇殿一带流行"九转莲花灯""将军令"等鼓谱;南仁、长宁一带为"风搅雪""蛟龙""转鼓"鼓谱;苏坊、武功镇、戴家为"十样景""龙虎斗"鼓谱。据说,锣鼓起源于古时征战,所以家乡的锣鼓多豪迈,听完后身体里流淌的赳赳老秦的血脉瞬时被激活了。

大人们打家伙,小孩们也有小孩们的事情,由大人们指挥着练习打大旗和打灯笼。旗子都是花花绿绿的,幅面足有丈余,呈三角形,风起旗扬,好不威风。灯笼是为晚上准备的,家家户户挑出自家的大红灯笼,由孩子们列队排着提在手中,既喜庆又威严。

妇女们则张罗着通知七大姑八大姨来看戏,路远的让人捎话,路近的专门去请。提前屋里屋外拾掇停当,准备烂(动词,意为炒)肉、蒸白面馍包包子、压面,为家里来客准备。家里的火炕也都烧得热热的,被子换上新的,俨然又过年了。

堡子里也提前为戏班子搭好了戏台,派人盘锅盘灶,做好了戏班子随时进驻的准备。义乐寺的小学操场几乎是搭戏台的最好选择,地方宽展平整,学校的桌椅板凳可以临时给戏班用,戏班的演员也可以临时住在教室里。

(二)进香

戏班子开戏之前还有一个非常重要的仪式,就是进香。一般唱戏都是给"爷"唱戏,无论是城隍爷还是土地爷,也都是祈求来年户户风调雨顺,家家老小平安,所以进香由各堡子提前定好次序,划好位置。一般戏台上端坐着一位化好妆身着黄袍的"老爷",老爷一声令下,进香便立即开始。各堡子顿时锣鼓喧天,炮声震地,先是炮仗开道,后是旗阵列队(白天),晚上则是灯笼列队,再后就是锣鼓家伙。按照次序依次登场,一路锣鼓和炮声都不能停;尤其各堡子都进场之后,才是高潮。你堡子打转鼓,我堡子打将军令,大家都是使了吃奶的劲,唯恐被其他堡子抢了彩头。听说新中国成立前为了进香堡子间经常发生械斗,鼓槌、钹、锣、旗杆都会成为械斗的武器。不过现在大家都是图个热闹,这种事没有再发生过。

义乐寺由八堡子组成,曹家跟、老堡子、南野、李堡、高堡等,后合并成三个自然村义李、义南、义老。义乐寺名气在当地很大,大家都知道有个"泥罗寺",为什么得此寺名,老人们也都不得而知,估计只有查查县志才能了解了。寺在解放初"破四旧"的时候已经被拆除了,义乐寺小学便是在义乐寺的基础上建校的。

进香过后,年轻人各自散去,收拾家伙回堡子。老人们这才提个板凳,夹个旱烟袋,坐在戏台下看戏。这时候不管是老汉还是老婆,都看得津津有味,不时还有人叫好。

等压阵脚的名角唱完了,假冒的戏迷们这才从拥挤的人群中散开,找个凉皮凉粉摊,或者是鸡蛋醪糟摊打打牙祭。戏台周围散布了不少卖小吃、卖针头线脑的地摊,也有卖猪娃的、卖农具的。老人们终于听了戏,舒坦了,碎娃们买到了好吃的、好玩的,年轻人也可以趁着看戏的机会和相好的在戏台周围约会。

(三)唱戏

看大戏,当然戏是主角。一般早上都是本戏,也就是整本的戏;下午就是折子戏,或者是根据大家的意见选唱几个折子;晚上也是本戏。

第一次听《铡美案》时,戏文中"头戴黑来身穿黑,浑身上下一锭墨(陕西话念煤),黑人黑相黑无比"的包拯形象随着荡气回肠的秦音一下在脑海中清晰起来。那唱的人声音浑厚强烈,略带着一点秦腔特有的哑;

那听的人浑身酥麻,舒坦得忘记了一年的辛苦,甚至忘记了谁是含辛茹苦的秦香莲、谁是薄情忘本的陈世美。

秦腔《三滴血》倒是一部很好的科普剧本。县令认为书本上"滴血认亲"的办法可靠,从而活生生地拆散了亲生父子,致使异姓姐弟负屈含冤。最后,这个县官终于在铁的事实面前碰得头破血流,不得不承认滴血认亲实属荒谬,坑害了良民百姓。

秦腔传统剧目多以重大历史事件为题材,大气雄浑,但也不乏诙谐的剧作。如丑角名家乔慷慨表演的《白先生教学》,"一、一、一不得吹牛;二不喧;我家三代坐过大官。我爷见过皇上的面,我婆跟娘娘吃过饭。我爸穿过黄马褂,我妈穿过绫罗缎。"让人忍俊不禁。

《三娘教子》《辕门斩子》也都是断断续续看了一些,情节也都忘得差不多了。

(四)今年的戏

以上都是儿时美好的记忆,如今离家二十余年,即使在老家过年也是匆匆几天,村头巷尾的许多小孩已经不认识了。

今年义乐寺又唱大戏了,正月十二晚上挂灯开始唱,四天五晚的戏。不知还有多少人看戏,还有多少人看得懂秦腔。初一也还是开始打家伙,但是几乎都是些老人和半大老汉了,年轻人倒是围了不少,只是拿了手机拍照发微信,看看热闹也都离开了。

岁月在一天天地逝去,只是这浓得化不开、刻在骨子里的乡愁却在一天天酝酿,一天天清晰起来。

庭院的梦想

楼下的钢琴声又响起了,是曼妙的《致爱丽丝》,琴声虽稚嫩,但却纯朴亲切,足够让人眼前浮现那位温柔美丽、单纯活泼的乡村女孩形象。

对于农村的孩子来说,乡村是与生俱来的思念,即使离开了多年,仍然魂牵梦绕,仍然忘不了那袅袅的农家炊烟、浓艳的红霞落日。对于土地、对于庄稼、对于老屋、对于庭院,总有一种亲切,总有一种牵挂,总有化不开、挥不去的乡思。

总想有一块地。可以种几棵豇豆,援着枯树枝,随意地攀绕,丰收的豇豆角自然地垂落着;野生的牵牛花,肆意地开放,朵朵都那么欢快;狗尾巴草是少不了的,野草也有狂放的权利;也许还有几株竹,即便无肉,也不能无竹。

总想有一座屋。每天早晨清纯的阳光慢慢洒落,落在青砖铺就的地面,又反弹在斑驳粗糙的墙壁上,敞亮通透,烟尘在光柱里跳跃舞动。陈设总是极简单的,一口盛满水的缸,葫芦做的水瓢在水面上悠悠荡荡;几串挂在屋角的老辣椒,红透了,凝固了;一把磨得黝黑的凳子放在屋檐下,也许旁边还有一把老茶壶和一个当作茶台的碌碡。

总想养几只动物。金贵的倒也不必,几只老鹅,一只老狗,一群嘎嘎叫,一个懒散躺在门口晒太阳。出门的时候狗才欢实起来,身前身后地跟着,一会儿跑远了,一会儿又在远处等着主人。

总想有一处宅基。屋前留足空地,可以会友,可以发呆;白天可以晒太阳,晚上可以数星星;屋后是一架葡萄,枝繁叶茂,足够鸡鸭猫狗乘凉。

老家是有屋有地的,即使每月回去一次,也总觉得无法满足对乡土气味的向往;即使开车行走在无名的田间小道,也总觉得亲切无比;看到别人在网上晒乡野田居的照片或者文字,也总是从心底羡慕不已。

想法是朴素的,但却总是觉得离自己很遥远,几乎无法达到。无法到达,只是因为自己不愿舍弃;无法舍弃,只缘乡思还未浓到黏稠,黏着你的魂,黏着你的灵,待到无法走出乡愁,便是回归的时候了。

秋天的柳

人生的一场场相遇里,我是你的第几段场景?
人生的一幕幕遗忘中,我又是你的第几次谢幕?
也许 无需追问
相逢即是美丽

——匿名作家

秋天,总是一个浓烈的季节,短暂、清爽,却又让人迷恋。

秋天的柳,丰满的树干,婀娜的枝条,绚丽的叶片,随着秋风摇曳、舞动。沙沙地响,柔美地动,圆润而不矫作,纯美而不妖娆。柳,微笑着,安静地微笑着,安静得连秋天里鸣叫的虫也没了声响,不扰动这难得的安宁。

我见过很多的柳,却是秋天的柳给人的印象最为深刻。

记得第一次去北京出差,那时还是学生,初次出差非常兴奋,周日便去了颐和园。皇家园林的景致已经忘记了,只是记得湖边的柳和叶。天空飘着细雨,深秋时节已经透着丝丝凉意,伴着些许的微风。湖边的垂柳整齐地排列着,片片卵黄色的叶子随意地贴伏在湿润的路面上,像是一幅工笔画。每一片叶的颜色都有细微的不同,或明或暗,或浅或深,随意的排放却都是那么和谐,即使枝叶分离,有些凄凉和落寞,却掩饰不住尊贵和浓烈,无论如何它们相依过、装扮过、幸福过。即便是多年之后,仍有去颐和园看柳的冲动。

还看过唐苑的柳。一望无际的柳树,个个都是成了精一样,需几人环抱,但都是从他处移栽而来,只有雄伟的树干,枝丫却是零零落落。秋天的荒草已经没膝,柳树们就孤零零地站立在其间,也是蜡黄的,似乎是缺了营养的孤寡老朽一般,没有灵魂的东西不看也罢。

  渭河边的柳,生在渭河边的我也是多年以前就见过,今年再见却有了新的感觉。宽阔的河堤,平整的草坪,自行车道旁的柳清新、端庄。有了这些柳,渭河便有了灵气和柔美,折枝送友便有真切的场景。水是欢快的,沙滩是洁净的,少有人打扰;自行车道是红色的,既人性,又增添城市的雅致;柳是古朴的,不妖不娆,多了份浪漫的情怀。然而少了路边赏景的靠椅,少了可以品茶下棋的石桌,只能说是莫大的遗憾了。

  秋天的柳让人心醉,尤其浸泡了这浓烈的秋思,更是多了份牵念和期盼。

思 柳

题记：近日与一故人相约于渭水之畔，多年未见，却是知音难觅。聊之甚久，相知恨晚，重识此君，已然天意。

烟柳笼渭水，秋雨浥清尘。
长枝折相赠，依依离别痕。
停车长叹时，雨歇虫鸣闻。
回首看故人，已是泪满襟。

冬日里的暖

一次和一位挚友聊起,为什么大家总喜欢秋的景致和情结?

秋天意味着收获,果实压枝,满眼的丰收和绚烂的色彩;秋天意味着接近冬日,仅剩的几天清爽弥足珍贵;秋天意味着成熟,没有了春的懵懂、夏的热烈、冬的守闭,却也不失对幸福的渴望。我想大家也都是喜欢秋的。无论是秋日的一轮骄阳、秋夜的一缕清风,或是那一声鸣蝉、一片红彤彤的落叶,还是那一场通透的秋雨以及雨中那温馨的伞,都弥漫着幸福的味道。

冬日的霾是令人窒息的,像一种无法挣脱的束缚。有形的、无相的,都裹缠在我们的身体上和心灵里,就像大家戴着的口罩。我天生对封闭空间有着一种恐惧感,这种恐惧感几乎让人无法呼吸,幸而冬日里还有一束耀眼的阳光,让人欣慰。

或许季节的色彩是人为涂抹上去的,每个季节里都会有人兴奋,有人苦闷,还有人既兴奋又苦闷。冬日的午后,斜倚在阳台的门口,晒着暖阳,端着一杯清茶,似乎也是惬意的。

北京我是常去的,但对北京几乎没有什么印象,一样的拥挤人群,一样的高楼大厦,一样的冬风冷彻。这次却安排住在一个胡同里,宁静中透着生活的气息,甚至有只白猫在对面的屋顶上悠闲地散步。晚上,小胡同里的餐馆灯火通明,和室外的天寒地冻几乎是两个世界。几个好友围着北京传统的铜火锅涮着美味,再来一瓶北京的小二,瞬间忘却了寒冷,被幸福包围着,许久没有这样开怀了!灯光暖暖的,火锅暖暖的,白酒暖暖的,一切都是暖暖的,原来冬日也是温暖的。

新买衣服的扣子总是容易掉,必须重新钉好,钉扣子的过程虽然烦琐却也温馨。看到朋友系围巾暖和,自己也买来一条系在脖子上,倒是起了些御寒的作用。天气虽冷,衣服穿多了,也觉不来冬的凛冽。

  最近有些忙碌,经常跑东跑西,多了些失眠,却在心底里悄悄地喜欢上这个季节了!

秋　思

渭河流淌了千年，雎鸠鸣叫了千年
千年之后的某日下午
斜阳洒了一河的忧伤
淡淡的天空，淡淡的云朵
微波荡漾，静水无声

绵软的河床，光滑的青石
随风摇摆的苇叶，还有泛黄的秋草
一只孤独的山雀长着长长的尾巴
静寂，安然

秋就这样，淡淡的
淡得让人怀念
我埋下了思念的种子在浅秋里，萌发着
已长在了那青石上
已融进了清淡的秋水里
秋已深去，唯有这秋思浓烈、盛开

秋思——诗两首

之一　秋日偶成

关中暑尽待霜临,霞披渭水五色分。
雏菊挺首仍傲放,野蝉枝上暂栖身。
秋柳黄半阵阵寒,晓雾残荷白日曛。
燕雀南飞声声唤,不知来年还相认。

之二　霾后秋雨

昨日霾雾罩西京,若隐仙境半城藏。
一阵秋雨潇潇寒,长安城里遍金黄。
去年此日与君游,天高云淡渭水旁。
凭栏望远思故人,不知何时泪两行。

黄山和婺源的心灵增益

"要么读书,要么旅行,身体和心灵,必须有一个在路上。"这么有哲理的话竟然被别人先说,害得我像是捡垃圾一样拾人牙慧。抛开版权的问题,这句话还是蛮受用的,读书是偷别人的思想,旅行是偷别处的风景,倒也有几分的相似。心灵和身体,我们无法选择,能选择的就是在路上。2013年7月24日早晨6点,我们出发了!

(一)去程:狂奔1200千米

好几年没有休假了,于是早早请了几天假,借了一台商务车携妻儿和朋友一家出发了。出发前我对行程几乎一无所知,只知道我们去往黄山,1200千米。一般打算去什么地方,我会提前查查当地的风土人情和路线。可是由于太忙,只能劳烦同去的朋友了。他们两口子安排了行程,我们只管跟在屁股后面走就是了。

路沿着沪陕高速G40一直延伸,晨雾在车轮的驱使下逐渐散去,等开到丹凤的时候,太阳已经升高了。车在山区路上行驶,两旁树木苍翠,山腰上云雾蒸腾,蓝天也透亮剔透,好像眼睛明亮了许多。车子随着我们放飞的心情一路狂奔,出了陕西,进了河南;出了河南,进了安徽。一路上几乎没有看到同向和反向的车辆,看不到忙忙碌碌的大货车。进了安徽,首先是高速公路收费员近乎夸张的笑容,让我们感受到了安徽人民的热情。从合肥到黄山的路上,车子多了起来,逐渐有了南方的气息,树叶都显得青翠欲滴,丝毫没有北方的干涩感,徽派的白墙灰瓦逐渐占据了村落的每一处建筑。

晚上7点左右我们终于到达了汤口镇,品尝了有名的臭桂鱼,味道一般,估计北方的朋友大多都有同感。收拾了第二天上山的东西就早早休息了。

（二）黄山

"五岳归来不看山,黄山归来不看岳!"可能这句话勾引了一大批人来黄山。朋友一家已经来了两次,这已经是第三次了,据说还打算冬天来一次。黄山有三奇:奇松、怪石、云海。其中当属奇松最为典型,生在石缝中,倔强坚韧;长在山峰之巅,执着而专情。我第一眼看到的时候,觉得山水画中的每一棵松树都能在黄山上找到原型。石头巍峨秀美,不时有险峰危石,让人腿脚发软。云海是和天气有关的,可惜我没有看到。

我们是自助游的,所以没有导游,没有人给我们指划着远处这石像猴子、像犀牛,或者像海豚,你觉得像仙女,我觉得更像钢铁侠,具象不同而已。由心而来,不关心那些文人骚客留下的骚情文字和虚无缥缈的传说,觉得美了,就驻足观赏打开相机拍几张,觉得累了,就席地而坐,眺目远望,歇歇脚也歇歇眼。

孩子们在危险的山间小道上像放飞的云雀般蹦蹦跳跳,让大家好不揪心。记得有一位儿子同学的家长看到儿子个头长得挺快,问有什么诀窍,儿子坏坏地说多做奥数题呗,结果这个家长扭头就对自己儿子说今晚多做两套奥数卷子。此刻,暂时忘记了奥数的孩子们劲头十足,在陡峭的山路上一路不知疲倦。

第一天我们从白鹅岭索道上山,到笔架山、妙笔生花、北海、西海大峡谷,晚上在山顶的排云亭酒店住了一晚。索道上升的过程中经常有些颠簸,但美景却不断闪现,引得游人大呼小叫。由于当时天气较热,并不是旅游的最佳时机,所以游人并不多。最为有名是西海大峡谷,一环游人全行走在悬崖峭壁上人工开凿的栈道上,一边是奇峰兀立,一边是深渊万丈。观景是绝美的,远处是怪石和层层叠叠的山脉,近处是峡谷和石缝中挺拔而出的青松。行走在栈道上,人随着曲折的栈道,忽穿山洞而下,豁然开朗;忽拾级而上,峰回路转,回头一看,群山荡漾在云海之间,稍不留意便会掉入深谷。湛蓝的天、洁白的云、挺拔的山、青翠的松和点缀其间的五彩的人,形成了一幅绝美的国画。

二环是在山腰和山谷回荡,由于妻儿都已经腿软,精力疲倦所以未能前往。傍晚的时刻,登丹霞峰,观赏晚霞落日,倒是拍了几幅较好的照片。

第二天4点起床,大家摸黑来到了丹霞峰。尽管四周漆黑一片,峰顶早已是人声鼎沸,大家挤在狭小的峰顶平台上,吵嚷着,嬉笑着,甚至有假洋鬼子用着蹩脚的英语在和别人吵架。随着日出的临近,前排忽地起立,后排的我们只能看见人头和背影了,真是大煞风景!可惜了大家的美梦。

洗漱并用过早餐后,大家又启程了,欲决战光明顶。途经飞来石,只见该石硕大无比,危立峰顶,妙然天成,正是电视剧《红楼梦》中出现的顽石。光明顶并不险要,是一个较大的开阔山头,观景甚佳,是不是小说中的魔教圣地则不得而知。后下至山腰,复又拾级而上,来到了鳌峰;再下,来到了莲花峰下,大家都已是气喘吁吁了。天都峰因封山所以不能上了,带的水也喝完了,倒是朋友带的酱牛肉起了作用!

朋友一家体力好,打算都上莲花峰;儿子想上,但是我必须看护着,毕竟山峰陡立;妻本是打算在山脚下歇脚,但看大家兴致很高,便打算和大家一起爬山了。

莲花峰是最高的山头,快到山顶的几十米我们几乎是手脚并用。儿子和我是领队,妻和另外一家的女主人在中间,朋友和他的女儿在最后。朋友虽然膝盖的旧伤复发,但一直坚持到山顶。山顶上,游客们都搂着标高的石碑合影留念,我们则是悄悄来到旁边的平台上,欣赏迷人的景色。登顶不是为了留念,不是为了征服大山,而是为了征服自己,征服自己心中的恐惧!大家都坚持爬到顶,就连妻这样体弱的人都坚持不懈,而大家最终也都体验了登临天下的感觉,欣赏了黄山的全貌,这是此次黄山之行的最大收获!为了奖励孩子们的毅力,我们特意在山顶买了两块奖牌,挂在孩子们的脖颈上!

下山又是排队很长时间才等到了下山的索道。终于下山了,我们直接把车开往黄山市,晚上在有名的老街吃了晚餐,又逛了好长时间。

（三）婺源

虽说黄山奇美，我却更喜欢婺源的秀美！

婺源是一个县，虽属江西，却是徽派建筑。一路都有山，一路都有水。山头不高，逐个排开，清秀；水面不宽，静谧，安详，偶尔几个竹排飘荡其间；路面平整，路旁粉墙黛瓦的民居点缀在山水之间，扇着蒲扇的老人，斜卧在小溪里悠闲的水牛，我梦中的晚年生活却在这里真实地展开画面。

去了汪口，一位农妇带领我们游逛了好长时间，最终在她家吃了午餐。她老公在外打工，她则带着两个孩子，还经营着一个小餐馆，虽然辛苦，却是满脸的充实和幸福。孩子叫俞晗和俞晞，名字很雅致。

汪氏宗祠倒是值得一看，非常古朴！其实以前的宗祠非常多，但大多在"文革"期间被毁了。

后来我们又来到不知名的小溪旁，孩子们下水嬉戏，好不愉快！

（四）返程

五天的游程，两天都在路上。想到第二天要上班，大家都有些失落。好在一路上，大家都聊得高兴。

沿原路返回，一出河南境进入陕西就下起了雨。雨是下下停停，山腰上水汽氤氲，若隐若现。过了商洛后，一路都是隧道，路况复杂，所以开得小心翼翼。等到了西安绕城的时候已经大雨倾盆，幸好到西安城区的时候雨终于停了！

终于在经历了五天的心灵之旅后安全到家！

致青春：我的高中

高中毕业二十年了，一位高中同学建了一个群，于是大家纷纷加入。感谢有了QQ这样一个平台，可以让我们重拾多年前的青春。回忆起二十年前的高中，青葱而无忧，木讷而又天真。每个人都一样，出身寒门，试图通过读书改变自身命运。

关于校园：当年县城唯一的一所高中，进校的时候只有一栋教学楼，其他的都是平房，时常会看到墙壁上没有被完全抹去的革命标语，一群群背着各种颜色的书包、穿着布鞋的学生穿梭其间。

依稀记得校长住在学校偏隅的一个独院，校长的西装领带透露着威严和优雅，每次遇见他，总是仰望。老师们的宿舍也都是平房，院子前也都有一小块菜地。高年级的教室总是和教师宿舍距离很近，自习时教室的声音稍大，老师便会察觉。

高一、高二的时候教室在教学楼上，高三的时候搬到了平房。由于平房时常丢东西，所以会有同学住在教室里，每天下自习便是教室最热闹的时间。

操场是泥土地的，每逢开学，第一件事情便是全校大扫除，清除操场丛生的杂草。体育课是室外的，靠天！每周只有一节，即使这样高三也还是没有体育课的。有时雨多，一学期上不了几节。

晴天的时候每天下午放学后操场都是人山人海，踢球的、打篮球的，热闹非凡。记得高一的时候班级间的篮球比赛，上半场我们班竟将五班20:0打得灰头土脸，班主任连忙说兄弟班级注意影响。

关于班主任：高一的时候班主任是尚国梁老师，体育教师，高二的时候调走了。高二的时候文理分科，班级打乱了，但因为大部分同学读理科所以基本没有变化。高二班主任是雷向宇老师，英语教师，单听名字就比较威猛。记得他经典的一句话就是"我媳妇给咱生了娃娃子",后来雷老师也调走了,去了咸阳。高三是杨满生老师,化学老师,嗓门高,化学方程式配平讲得很好。

这些老师毕业后就再也没有见过,有次去找过一位老师,适逢他外出,也没有见到。

关于吃:学校有粮食加工厂和食堂,农村的学生通常交小麦,城里孩子通常交钱或面粉。四两二毛的面片挺香,还有馒头。每次放学大家都蜂拥而至,高年级欺负低年级的,男的欺负女的,人多的欺负人少的。所以我们班安排了几个强壮的在前面排队,然后递进去一大摞的海碗,粮票和菜票放进碗里。那时候也没有什么卫生不卫生,吃饭借碗也是常有的事情。

晚饭都是稀饭和馒头,咸菜都是家里带的,用罐头瓶装好,吃一周。离家近的会经常带一点,大家共享。记得用肥肉做的肉盒超级香,只是价格稍贵。

关于玩:那时的玩具不多,无非就是打篮球、下象棋,然后就是疯玩。当时我们骑自行车去周至河边抓过螃蟹、捞过河蚌。去过楼观台、去过杨凌、去过渭河,这些也是我们骑自行车能去的最远的地方。

关于同学:同学变化非常大,经常有当兵的、退学的、转学的。我们是普通班中的普通班,所以很少有转进的,有关系或学习好的都转到了重点班。但班级人数还是非常多,5个人两张桌子,每个班都在70人左右。

SG君,我认识的不多的城里娃,善良随和,时常一副乐观的面孔。记得他过生日,给我们带了一袋麻花,大家坐在学校前的麦地里,晒着阳光。这样的生日估计再也无法享受了。他经典的一句话就是"我妈说了……"周六有时会去他家打电动,那时候很流行的。后来我们大学在一个学校上的,所以是老同学了。现在自己开公司了,祝福他们夫妇。

ZWG君,也是城里娃,但是丝毫没有"官二代"的架子,为人平和,思想深刻。在他的引荐下我读了一些好书,也学会了使用相机和随身听。记得借了他的随身听,结果耳机坏了,他也很大度,没有计较。这在当时是非常令人感恩的。高考的时候中午在他家休息,阿姨做的羊肉饺子太好吃了,我们两个人吃了全家的份,结果吃撑了,我们都没考好!去年过年的时候,我还给阿姨说起此事,阿姨大笑,呵呵!

　　WJG、LGD、SXJ、JJT等几位同学都是农村的孩子,我们一起开玩笑,一起逃课看《射雕英雄传》,一起围着咸菜吃馒头。LGD去了聊城,起初还信件来往,后来渐渐断了联系。WJG大学毕业后去了广东,没了音信;SXJ和我同在一个村(亲戚家)住,晚自习总是一起回,毕业以后就没了联系,上次见了他的亲戚,没有打听到他的联系方式。JJT是挺好的一个朋友,记得他给了我好多花的种子,种出来都挺好看的,毕业以后也再没有联系过。

　　GGR、ZPG、HHF都是很好的朋友,虽然见得少,但每次都很亲切!

　　高中毕业二十年了,有些人在记忆里都已经模糊了,但青春就这样一闪而过。开始怀念了,我们也就老了!

周日之游走扯袍峪

这一年我一直都是在冰与火之间煎熬,可能是本命年的缘故。世事总是难料,有时会让人欣喜与宽慰,有时也会让人迷茫和痛苦。可能是自己的修行不够,遇事不淡定,庸人自扰!这周终于得了一天的闲余时间,妻也答应放松一下,所以才有了这一天的放风。

初冬的早上有点冷,7点40分准时和两位朋友小鸭和小鱼汇合。听说鱼以前做过领队,终于可以有个"强驴"做师傅了,大喜!路上鱼娓娓道来,扯袍峪取名于一皇帝老儿,其微服私访,得见此峪风景奇异,欲赐当地百姓。但囊中无物,只好扯其皇袍一角留念,于是得名。一路顺利,只是走到岔路口询问鱼如何走时,鱼竟说:"我是路盲!"大惊,幸好有导航,倒也没有走冤枉路,只是平添了一些笑声。

车一路开进了峪口,在山脚下停了下来。我们步行而上,山路缓缓而上,路边的乔木树叶几乎落尽,偶有几片红叶,远处不知名灌木上还是倔强的绿色。路边的草茂密,但都已枯萎,雪在背阴处依稀可见。

芒草,那是一片片的芒草,我们欣喜着。即使枯萎,它的花穗依旧舞动在初冬的晨风中,透着亮,闪着光,洁白如雪,轻盈似毛,煞是可爱!我的相机一直寻找它的灵魂,试图捕捉到它的灵动之美,可惜都失败了,可能是技术的缘故吧!

向上而行,路似乎有点陡峭,而且温度有点低。我一路在聆听,一路在找寻。豹子走了趟西藏,26天;菌走了趟鳌太;咪咪也是"老驴子"了!我一直用旁观者的心态聆听着路上的见闻。其实自己走的路也不少,却从没有这么细致、这么陶醉地欣赏路上的风景,也很少向人讲起自己的行程,习惯了当听众。

在路上是一种心态,去哪里不重要,和谁也不重要,重要的是携带什么样的心情！我在朝圣，我的圣地在哪里？我为什么总是有那么多的苦恼？山腰上有一座庙，名曰法因寺，法因师傅晚年云游至此，终了坐化于此。寺前建有一塔，藏有其五色舍利。庙内有一老尼，给我们讲供奉的佛像，劝我们钻研《楞严经》。从交谈中可以看出老者修行挺高，只是时间有限，以后再来请教。

很快就到了山顶。山顶上人头攒动，到处飘溢着火锅的味道，到处都是垃圾，我以为自己到了东大街！顿时没有了欣赏人头峰的兴致！大家欢呼着、叫嚷着，貌似就是为了这顿美餐。我曾设想着，在山顶沏茶一壶，捧书一本，享着阳光，沐着清风，就这么浸淫在大山之巅，几多逍遥！然而却发现这些都是奢望，大家就这么糟蹋着山顶，打着户外的名！其实我又何尝不是！来了就是扰了山的静、水的清，为了自己的清静，伤了荒山僻壤的自然！

山顶上接到了几个朋友的来电，职称通过了，恭喜！

大家在山顶上用过餐聊了几句就匆匆下山了！山就这样目送着我们离去。在回家的路上，豹子带我们寻着一块白杨林。树木挺直，黄叶遍地，空气透亮，让人从心底欢喜。这才是秋的味道！我们在林地拍了好多秋的照片，终于不虚此行！

回家的路上和大家吃了一顿火锅，也算是一种体验了！

西安的性格

昨天看了一部电影,名字叫《你是哪里人?》。一群来自东北的、上海的、陕西的、江苏的、河北的,有北京户口的外地人都在问别人或被别人问"你是哪里人",看似是简单的问题,却赋予了阶层的成分。北京是国人心中的朝圣地,全国的心脏,所有外地人总被贴上了异样的标签。北京人喊着北京欢迎您,眼里总是映着一种高傲。

西安也是一座古城,却没有了那份傲气!平和、包容,却不失霸气和豪迈。西安有山,秦岭浩浩荡荡,从西向东,似有虎踞龙盘之势;西安有水,泾渭分明,灞柳风雪看惯了八水绕长安,护城河听惯了随风而动的铃铛,曲江、未央湖、汉城湖更是西安的新血脉;西安有寺,大慈恩寺、青龙寺、大兴善寺、香积寺、草堂寺、兴教寺,寺寺都有个千儿八百年的历史;西安有城,不仅有唐代大明宫、明代的老城墙,更有曲江新区、高新区和西咸新区。西安看惯了几千年的荣华云烟,听惯了几千年的欢喜悲歌,习惯了淡定与散漫。

西安生活应该从早晨开始。太阳从灰色城墙升起,一群群老人围在城墙根、护城河旁、核桃树荫下,拉拉嘶哑二胡,然后面朝苍天再吼上几喉秦腔,直吼到脸红脖子粗,像喝醉了酒,舒畅无比,西北豪情尽显。

所谓西安饮食或是数友小聚或是一人独食,桌子上摆着大海碗的羊肉泡,再叫上几笼灌汤包,外加八宝稀饭,喝的是冰峰,再来几串流着油、冒着气、喷着香的烤筋,最后摸摸肚子满意地离开,生命中最大的幸福与充实莫过于此刻。这个城市的人有肚量,这个城市也有它的包容。北院门里各国游客扎堆大声叫喊服务员上饭添酒,俨然世界大同,我喜欢这种感觉;你看那普通街头,黑西服白衬衫的白领与衣着油光的老人同坐在街边一张小矮桌上大口吃着早餐,神态自然,并无异样,倘若在上海,这应该是个奇迹。

开放本应是一种心态的解放,而不是邯郸学步的刻意扭捏;本应是一种走出封闭后的清醒,而不是在全盘西化中自我否定。西安有文化,而文化则是一种社会定力,这种定力必不可少。很多城市都以做"东方××"为荣,如"东方巴黎"的上海,"东方芝加哥"的武汉,"东方威尼斯"的苏州,某些小城市更是对此趋之若鹜。唯独西安,安详地做着自己,王者的世界从来只以自己命名,当然定力并非故步自封,并非夜郎自大,西安也在不断汲取,从西咸新区的田园都市到曲江文化新城、国际港务区,再到大飞机、大航天,一路走来信心十足。

去曲江看看夜景,尽情去感受王者之城曾经的荣耀。雁塔广场,巨柱、灯光、喷泉、佛塔、梦幻般的大唐音乐,当卸下历史的重任,西安依然处处歌舞升平;曲江湖畔微风拂柳,水波晓岚,湖光月色,灯澜无声,似乎在聆听着城市的巨变。

每晚回家时听FM93.1西安音乐台主持人方言用有点尖刻却充满磁性的嗓音讲着音乐心情故事,常听得人心里酸酸的。想想生活中的自己只是为了一个虚无缥缈的明天,却放弃了一个个梦想,结果很多年以后,依然活在今天,从来都没真正走入过明天;总以为有些东西会在生命的历程里可有可无,现在才知道缘分可遇不可求,你在西安失去的,在外边的世界可能永远都找不到。

当你看见西安的城墙,你才会明白什么叫厚重。土灰色的城墙牢牢地守卫着它,也禁锢着它压抑着它。年轻人纷纷逃离,好奇者不断涌入。涌入者在拥挤的人潮中如虫蚁遭挤压,如做噩梦;逃离者又纷纷想念,打算着攒够了盘缠,再回那"狗日的"西安。人总是躺在历史和文化的温床中却浑浑噩噩,毫无知觉,所以才需要离开。离开是为了更好地感受。不离开就不可能清楚地感知你自己和脚下的这片土、这座城。离开了、想念了、回来了,便很难再离开。

回家过年

年三十的下午,高速公路,145千米的时速,一颗飞奔回家的心。

路上的汽车都洋溢着年的喜悦飞驰着,向着家的方向。还好路上的一起车祸并没有影响太长时间,4点终于到家了!父母都在忙活着收拾,打扫卫生、准备食物、贴神像贴对联,好像永远都是那么忙碌。

按照习俗将家里收拾干净,准备好晚上的饭菜后,就到坟地去给逝去的亲人烧些纸钱,并邀请亲人们回家过年。在去往祖坟的路上,空气中弥散着泥土的气息和炊烟的味道,麦苗青青,熟悉的田野和田间小道,即便时光悄悄溜过了近二十个年头,一切都是那么熟悉,这大概就是根的感觉吧。童年的我时常在这条小道跑过,那时总是觉得路很宽、很长,现在却变短了、变窄了。亲人们坟头的柏树很茂盛,坟头的草都已经枯萎了!清理掉坟头的枯草,培了些新土。几张黄纸燃起,冒起一股青烟,燃过的纸钱随之飞舞起来,似乎看到亲人们的影子!回到家的时候已经有心急的人家点燃了喜庆的鞭炮,这样的声音一直延续到春晚的开始。

家里的火炕被父亲烧得热乎乎的。全家人围坐在炕头,听着母亲絮叨着过去的趣事和村里的东家长西家短,父亲的兴致也很高,平时话很少,晚上也不时插几句。家里的电视收不到中央一套,只有一套节目,电视在孤独地响着,没有人注意电视的内容。烫了一壶茶,陪着父亲慢慢地喝着,时光慢下来,甚至在倒退着。父母再也不过问我工作的事情,只是要我注意身体,别太累着。外面的爆竹声偶尔还会响起,我们一家一直聊到11点多,终于困得撑不住了!

在家住了两个晚上,尽管没有帮父母做一点事情,却看到了父母久违的笑脸!

怀念西安

这是一座旧城,处处都体现着一种古旧,古旧的城墙耸立了几百年,古旧的护城河流淌了上千年;这是一座方城,处处体现着规矩,四四方方的城,四四方方的城楼,方方正正的街道,规规矩矩的秦人。这座城盛产古董,有那么多的盛世皇朝选择了在这座城辉煌而后归于沉寂。

这是一座满载历史的城。这座城有过太多的往事,皇家的霸气已成烟云,历史的骊歌和苍凉的秦腔却依旧在城墙上掠过,城池中那些悲欢离合的故事一直在低吟浅唱。这座城有全中国最地道的黄昏,却从来不是年轻人选择奋斗的地方。于是,这城里盛产浪子。他们毫不犹豫地打包行囊,北上南下,走得毫无悔意,去得毫无愧意。留下的也有着浪子的情结,在书卷上寻古,在琴弦间探幽。

纵是浪子也有思乡的情愫。某个秋后回到了生于斯、长于斯的故土看看,在城墙上找寻小时候刻了名字的那块砖,在护城河面看看飘落的黄叶,抑或去回民街要几串烤肉,去小南门讨几幅字画好拿回现代城市附庸风雅,也或者游一游碑林,转转兴善寺。

这是一座安静的城。听不到喧嚣,却可以看到它成长的脚步。即使高楼一座座,也没有改变城的秉性。这座城,很像个木讷的北方爷们,不会说什么动听的言语,却会拿起酒杯,说"弄完"一饮而尽。你要走也拦不住你,若别人待你不够好,那你就回来吧。走时不必挂念,回时亦不必拘谨。

时常会想起这里盛产的小吃——羊肉泡馍。汤要老汤,肉要煮老,馍要细细地掰碎,然后大锅煮、大火饨,终成那一碗秦人吃了几千年不厌的美食。不精细却沁人心脾,不奢华而荡气回肠。

这就是西安。

春节的记忆

每年都会有一个春节,每年的春节却都不一样。有的春节过完了,也就忘了,有的却点点滴滴保存下来成为不朽的记忆。

从儿时农村的春节到城里的春节,细细一数,走过了三十多个年头,都快奔四,快呀!

说起春节,气氛最为隆重的还是在农村。从腊月初八的腊八节开始,年的气氛就越来越重。正式开始是在腊月廿三之后,这一天称为"祭灶",也就是向灶神汇报人口,以求明年神仙按"计划"供应口粮。所以这一天在外工作求学的都要赶回来。之后的几天便是最为忙碌的。

打扫卫生。里里外外彻彻底底地打扫一遍,连窗户、大门也都要打扫得一尘不染,人也要收拾收拾,理发、洗澡,把一身的污垢清洗干净。

准备饭菜。这是春节最为重要的一个内容。每到春节的时候几乎家家都会杀一头猪。杀猪时准备一口大锅,倒满滚烫的热水,在寒冷的冬季冒着幸福的热气。年轻的小伙子们挽起衣袖,把猪摁倒在案板上。随着猪的一声尖叫,猪血便涌出来,接到了早已准备好的盆子里(很快就会有好吃的猪血了)。几分钟后猪就在热水中洗得干干净净。孩子们围在一旁,丝毫也不害怕,原来在等猪膀胱。在我们小的时候气球是很难见到的,但是猪膀胱却来得简单。趁着热乎,有大人就会把它吹得很大,用绳子系好。小孩子们便抢着玩去了。这东西比气球结实,既可以踢,也可以打,可以玩好几天。接下来的几天,大人便会用大锅煮肉,把肉煮成大块大块的,看得小孩子们忍不住流口水,整个村子都会弥漫在香气中。除了肥美的猪肉外,白白软软的包子馒头也是必不可少。蒸馒头,蒸包子,红糖的、白糖的、肉的、素的。第一锅刚出锅,便会被哄抢一空,大人也不生气,只是开心地笑。

置办年货。这会和其他活动同时进行。买菜、买衣服就不用说了。

鞭炮是少不了的,还有剪窗花、写对联用的红纸。连我们这些小孩都敢拿起毛笔写对联,只要不是太难看,大人也会高兴地贴出去,逢人便说这是我娃写的。讲究一点,便会请人写。拿着红纸,到村里的老"写手"家,不必付钱的,而且有茶水、烟卷供着。大人们在闲聊,写手在一丝不苟地写着,一会儿便会说"老五,你家的对子写好咧"。妇女这几天也是最忙碌。白天要打扫、做饭,晚上还得准备孩子们的新衣服,该缝扣子的缝扣子,该熨烫的赶紧熨烫。还有一件重要的事情就是剪窗花。我只记得母亲的手很巧,每年做的新衣服总会有人夸。剪窗花的时候,有时父亲便会嫌母亲剪得慢,说"我来我来",父亲很快就会剪出一大堆的窗花和门贴。

很快就到了大年三十。这一天,是最忙的一天,四处检查检查,然后就是贴对联、贴神像。母亲对这一活动是比较重视的,先贴什么神仙,后贴什么总是记得清清楚楚。到了下午,家里的所有男丁会在长辈的带领下,到祖坟上烧纸钱,称之为"请先人",也就是请逝去的亲人们回家团聚。大人总是会讲一些老爷,甚至老老爷辈的故事和他们做过的大事,孩子们虽然贪玩,但是这个时候便会安静下来。除夕晚上的活动就更多了,先是点亮家里所有的灯和灯笼,放鞭炮,讨压岁钱。那时大家对春晚还没有太大的感觉,小伙伴早早就来到广场上玩,一直到深夜。

从大年初一开始,人们终于可以闲下来了。男人们打打麻将,女人们凑在一起逛庙去了!然后是走亲访友。从初七、初八的时候,男人们又开始忙活了。打鼓,每天下午就会聚在一起打着欢庆的鼓。乐器是简单的,只有鼓、锣、钹和小号,鼓点也非常简单,竟然会有人指挥。大家打得兴高采烈,小孩子们也会在大人休息的间歇打上一会儿。我的鼓也就是那时学会的。正月十五的这天,白天会打鼓,几个村子比着打。晚上在戏台旁放焰火,继续打鼓。

正月十六晚上会放河灯,一盏一盏漂亮的河灯顺着河道一直延伸到夜的尽头。年终于过完了。大家收拾好行李,该上学的上学了,该打工的出发了,对明年春节的期盼也就开始了。

掐指一算,已经有九个年头没有在老家过年了!

Cedar Campus 旅行日记

2008 年 12 月 25 日　晴

今天是圣诞节,早上 10 点左右睡到自然醒。天气出奇的好,尽管到处都是雪,但是太阳照在身上暖暖的,丝毫不觉得冷!

小孙自告奋勇地要求送我,感动。也不知道此行到底如何,我对 Cedar Campus 一无所知,有点期待一个人的旅行。12 点小孙送我到 Memorial Union,我让他早点回家。我在湖边走了一会儿,很好的阳光,湖面看不到一点水的痕迹,只是茫茫雪原。

乘 Badger Coach 汽车 2 点到达 Milwaukee 后,就见到了 Becca 和她的姐姐、姐夫,我们就直接上路了。路上我和 Becca 聊得很好,没有太多的障碍。又是近乎 8 个小时的路程(估计有 700～800 千米),到的时候已经是晚上的 11 点(这里和中部差一个小时,已经算是东部了)。到了后朋友来电话问这里景色如何,我说不知道,因为一直都是在夜里,什么也看不到。来的路上看到了几只狐狸很是惊喜。

12 月 26 日　雪

早上起来后,打开窗户。风景非常漂亮,原来我已经来到了类似于农庄的地方。从窗户上就可以看到远处的湖,雪打在窗户上簌簌地响,一会儿细细的,像缝衣针一样修长,像水晶一样闪亮,打在窗户上立刻摔成粉碎;一会儿像羽毛一样,迎着窗户就飞了过来,打在窗户上,一下碰着了鼻子贴在了玻璃上,不一会儿就像小孩子顽皮的泪滴一样流了下来。

下午,我搬到了 Lounge 的楼上。楼下是一个很大的厅,大家在厅里自由地交流。由于我是第一个来的,所以也和大家一样地干活,非常的有趣。

晚上坐在火炉旁,身边围满了在玩着类似于军棋的游戏的小孩子。有时在想,如果我的儿子也能像他们一样快乐地玩耍就好了。

其实我一直是比较喜欢大雪的。雪是洁白的,是松软的,尤其是被大雪围绕的屋子里亮着温馨的灯,一家人围着火炉说笑着;孩子们围坐在地毯上自顾自地玩耍着,自然而又惬意。

下午和 Brittnee 一起准备床上用品,被子、毛毯等,大家都很开心!第一次觉得自己还很年轻!

12 月 27 日　阴/雨

今天天气出奇的热,大雪开始融化,许多地方露出了鲜嫩的草色,松鼠也在雪堆里寻找起食物。早上和他们一起去铲雪,下午和大家一起打扫厨房,很有意思!还和一个大学生打了一会儿乒乓球,三局两胜,总算没给国球丢脸!其实小伙子打得很好。

4 点后,终于闲坐在火炉旁写会儿东西。这几天不能上网,几乎都快被世界遗忘,原来大家对网络的依赖太重了。说到依赖,事实上有点依赖是好的,总有些东西挂念,总有些东西怀念,总有些东西惦记!有时总想接到一些电话,总想看到一些属于自己的文字,总想听到自己想听到的声音!

晚上为期一周的 House Party 终于开始了,很多人,近三分之一的人来自中国内地。晚上一直下雨,雪几乎都没了。

12 月 28 日　大雪/晴

早上起来下起了大雪,去了教堂,很精致的那种。

中午和 Scot 一家一起用餐,对他们的 Home school 非常感兴趣,非常好的教育方式,这在中国实在不敢想象!Scot 是这里的 manager,很豪爽,对中国也非常友好。Scot,Monique,Elli,Sherin,Linda(记老外的名字实在很头疼),让他们合了影,很好的一家人!

和 John 下了会儿类似五子棋的东西。John 很聪明，10 岁，上五年级了，只是言语不多。几盘之后，他表扬我是第一个赢他的人，并答应明天给我带新的玩具。

晚上打了会儿台球，对自己的台球技术很满意。

12 月 29 日　雪

这是令人期待的一天，第一次出了 Cedar Campus。先是去了一座通往加拿大的大桥边留影，大家都很兴奋。之后去了一座很小的船坞。在附近的小店买了几张明信片，总算买了一点和这个地点相关的东西了。

中午在室内滑冰场滑冰，虽然第一次，很快就学会了，当然摔了很多跤，总算了却了一桩心愿。在此期间大家都很高兴。连 70 岁的 Rechiel 也加入到我们的队伍中，据说他是第一次滑冰，勇气可嘉。4 岁的 Estahe 和 6 岁的姐姐 Karis 也一起滑冰，爸爸带了一会儿她们就开始自己滑了，两个很讨人喜欢的洋娃娃，很喜欢！她们还有一个 2 岁的弟弟，而她们妈妈肚子里还有一个（哈哈）。

John 很守信，带来了玩具，只是我没有仔细地玩！今天确定了返程的事情，明天晚上乘车返回，有点舍不得。这个地方没有了网络，没有了电视，也不见得是坏事情！

12 月 30 日　晴　忙碌的一天

早上用过早餐以后开始了 Square Dance，有像 Karis 这样的小孩，也有 Judy 这样 80 岁的老人，Karis 的孕妇妈妈也参加，大家跳得很开心，尽管经常会出错，负责指挥的老人也时常喊错指令，但还是阻挡不了大家的热情。

下午去滑雪了，2008 年一直期待的事情。很简单，而且还和几个爱好冒险的人去滑了高级滑道，没有任何别人滑过的痕迹，我们算是第一次。一路都能看见鹿的新鲜脚印和各种其他动物走过的痕迹（很怕熊，还好快天黑的时候有人来找我们，其实我们也打算返回了）。

晚上去 Dunn 家做客，最后一个活动了。送了他们一个从国内带来的埙，他儿子 Saris 很喜欢。Dunn 也带我们参观了他们的铁艺作坊和他制作的一些东西。

晚上 10 点 Sarah 和她的朋友送我到了 St. lgance 汽车站，一个多小时的车程，很感谢两个女孩子这么晚送我。凌晨 12 点 20 终于上车了，凌晨 3 点下车，3 点 20 换乘去 Milwaukee 的车。

12 月 31 日　晴

坐在 Milwaukee 的汽车站等了近三个小时的汽车，虽然一直没有好好休息非常累，但是还是坚持着对这几天进行一个总结。Karis 的爸爸的一句话给我印象最深——"When my life is gone, everything is nothing."看来有必要对 2008 年还有已经过去的 N 多年进行一个总结了。

下午 1 点终于回到了宿舍。晚上思索了好长时间，还是没有理出头绪。

麦迪逊旅行记

（一）自然

Madison，是 Wisconsin 的首府。没有一座小城像秋天的麦迪逊这么绚烂了。秋季的麦城，落在午后的斜阳下，微风吹着。街道上偶有几个年轻人骑车而过，轻盈，没有声响。咖啡店散坐着几个年轻人，随意地坐在油漆斑驳的木椅上，岁月仿佛在咖啡杯旁氤氲，连时钟也在漫步着。旧书店放着古老的音乐，舒缓而不忧伤，老板沉迷在泛黄的旧书中，头也难得抬。

公园的木凳上，一对情侣依偎着，小伙子在看书，金黄头发的姑娘戴着耳机陶醉在音乐中。远处是 Mendota 湖，宽阔的湖面上，有几艘划艇在训练，河里的鸭子在自顾自地嬉戏着。河水不是太干净但也不脏，水草和各种颜色的落叶在水面上漂浮着，在微风中微微荡漾。连枯死的树木也斜卧在湖边高贵地逝去。空中迁徙的大雁不时发出叫声，落在草坪上才安静下来。天是瓦蓝的，一两朵云彩也没有。

树叶有红、黄、绿等色，以红色最为夺目，妖而不艳，干干净净，有似红花，却没有红花的喧闹和张扬；黄色比较亮丽、明净，透着成熟和明快，恰似清茶一杯。

河边是跑步的人们，什么时候都有，好像永不知疲倦。还是松鼠最为亲近人，到处都是这些城市的精灵，一会儿在城市间跳动，一会儿躲在树上美餐，倒是吃东西的声响引来很多行人驻足。

（二）疯狂

生活在小城的人，不大知道疯狂，大家习惯待在安静的角落。习惯安静,就像习惯了小城的一切。时钟总是很准点,2路公共汽车也总是半个小时一班,从不会迟到。司机无论是黑人大姐还是白人大哥,总是一脸的微笑,即使有残疾人,也总是稳稳地停好车,等待乘客坐稳后,才启动车子。有时不小心闯了红灯,车里的司机总是微笑着示意你先步行而过。

当然,城市安静久了,也需要狂欢。随处可见Obama Bidden的牌子,可见麦城对这位黑人兄弟的认同。周六,在市中心Capitol广场,附近的农民出售着自家产的苹果、西红柿、辣椒,还不时有不知名的艺术家画着画、唱着歌。久违的人群出现了,每个人都洋溢着喜悦,没有理由不高兴。台阶上,有黑人乐队在为Obama呐喊。

Halloween在其他城市都没有像Madison一样过得兴师动众。第一天晚上会有年轻人三三两两的化妆成各式各样的人物出现在State St.(类似于西安的东大街或钟楼附近的闹市区),笑容洋溢在每一个人的脸上。有人装扮成超人蜘蛛侠,看到我们拍照,故意摆好了Pose。还有扮成阿凡达的,扮成机器人的,扮成大胖子的。最为卖力的算是一位学生,他扮成了电影中的长毛象,还挂着不知从哪里找到的龙头拐杖,披着麻袋做的衣服,很有创意。

更多的则是恐怖的面孔,流血的就算小儿科,很多学生装扮得的确吓人。印象最为深刻的是一对夫妇,丈夫是一个坐着轮椅的残疾人,妻子推着丈夫走进了我们用餐的餐馆。丈夫的打扮很专业,也的确很吓人。在吃饭的时候,妻子给丈夫喂着食物,自己吃的时候每吃一口都要揭开自己的面具,煞是认真。

如果说这也算疯狂,那你就错了,这是预演。

第二天晚上那才算真正的疯狂。街道上到处都是"鬼",每个人都打扮得很怪异,如果你仍然穿着普通的衣服,你都会觉得不好意思。几十万人一起涌到不长的大街上,也有乐队的演出配合着各式各样的"鬼"。疯狂的人群喝着酒,唱着歌。

此时的Madison真的疯了,最头疼的是警察,即使收着10元的门票也没有阻止人们的脚步。不过还好,今年只有不到十个人受伤。

第三天还会有人继续搞怪，但是人会少许多，毕竟大家已经疯了一把。估计没有哪个城市会是像这样大人过着小孩的节日，而且这么疯狂。

（三）雪

麦城的冬是漫长的，从 10 月开始持续到第二年的 4 月。然而麦城的人们没有过分抱怨上帝的恩赐，毕竟这些自由的"孩子"给麦城带来了春的期盼和节日的气氛，人们还是照常上下班，像往常一样来来往往。尽管早已听说麦城的雪，还是对它有些期待。

麦城的雪来得很轻松，五分钟就可以漫天飞舞，没有必要准备很长时间，犹如一片片洁白的羽毛从天而降，即使连我这样北方来的人也觉得惊喜。然而大多时间里，雪是风的舞伴，在风的怂恿下，雪有些肆意，这时的雪不会让人觉得惬意和浪漫，它像一把画刷，在激情描绘。

麦城的雪也去得快，瞬间天空中露出湛蓝的天，看着地上和树梢上落的雪才会意识到数分钟前还是大雪纷飞！通常早上打开百叶窗，外面早已是白皑皑一片，谁也不知道昨夜什么时候下雪了。

还是去看看雪后的 Mendota 湖（中文翻译为"梦到她"是不是更有韵味）吧。湖面结了冰，只有湖中心还有不大的水面，舍不得飞走的大雁和鸭子们嬉戏着，忘却了寒冷。靠近湖边的地方全结出了厚厚的冰，雪覆盖了冰，但风拖着雪在光滑的冰面上滑行。湖畔上，不知名的红果被冻得晶莹剔透，成了寒冷中傲立的徽征，有点像北京街头的冰糖葫芦。

街头铲雪车忙碌着，不一会儿人行道和路面上的雪就会被清除干净，并没有妨碍大家出行。倒是厚厚的外套、手套和帽子是必需的。

图书馆落地窗户旁一盆吊兰在窗台上蔓延着，亮丽的绿；窗外的雪在悠闲地飘舞着，纯洁的白！如果有一杯小资情调的咖啡冒着香浓的热气，是不是就算完美？

望梦斋之经典语录

Oaktree 公寓位于学府大道(University Ave)一侧,距校园步行十余分钟的距离。望梦斋位于 Oaktree 之四层,可遥望梦水湖畔,因此得名。内居大 Z,L,小 S 和帅哥小 Z,"60 后""70 后""80 后"均有分布。望梦斋居民好客喜闹,常有经典之语。

语录一"那时你还穿开裆裤吧?"

大 Z 每每说起"文革",兴致盎然,最后总有一句,对 L 说那时你还小,L 便说"那时小 S 和小 Z 还没有出生",小 S 便怀恨在心。翌日,说起 20 世纪 60 年代的事情,大 Z 准备大发感慨,小 S 急忙插了一句:"那时你还穿开裆裤吧?"全体居民随即笑晕!

语录二"你好贤惠"

L 喜烹饪,每次做完,大家都说好吃。小 Z 随即表扬:"你越来越贤惠了!""贤惠"一词随即流行。仅适用于男士!切记。

语录三"你做的饺子好像馄饨"

某天,美女来望梦斋展示厨艺,做了馄饨若干,美女自夸许久。大 Z 回家一顿猛夸——"你做的饺子好像馄饨!"美女顿时晕倒!大家安慰道:"他没有说你做的饺子像包子就不错了!"

语录四"身斜不怕影子正"

望梦斋重视思想教育工作,成立了党支部,时常开展各种形式的自我批评会和批斗会,对"苏修""美帝"和各种不良习气进行批斗。某日对好色轻友之不良习气进行大会批斗,批斗的对象每人都有份,到小S时,"身斜不怕影子正,随你们怎么说。"

语录五"一看就是公子哥"

L做饭时加水加少了,大Z便批评道"一看就是公子哥"。但凡以后哪位做饭做得不好吃,就会落一"公子哥"的美名。

语录六"全身都是宝"

大Z表扬L,一顿猛夸,L欣喜至脸红。大Z最后总结道:"L全身都是宝。"L晕倒!

以上纯属虚构,如有雷同,纯属偶然!

老　屋

　　老家的房子是我三岁那年盖的,那是整个街道上第一座大瓦房。在当时的我看来,我家房子无疑是全村最雄伟的建筑了。

　　房子是土坯的,用胡基(一种没有经过煅烧的巨大土坯)垒成,墙面敷以麦秸秆拌成的泥巴,屋顶的木橼也是粗细不匀,倒是屋顶崭新的大红瓦放着异彩,地面用石灰处理过,虽然不是十分平整,却也隔潮。老屋是两间的那种,一侧分布着两个房间,另外一侧便是过道,兼作堆放杂物和粮食的地方。

　　老屋也有阁楼,用来放置一些不用的什物和农具。阁楼总是黑乎乎的,从两个很小的窗户上透着一点微光。阁楼是神秘的,总有一些意外的发现。一段可以制作玩具枪的铁丝,或者一个用来箍木桶的铁圈,可以当作铁环玩;或者姐姐们读过的小学课本,父亲爬电线杆的绳套;还有用来盛放种子的挖土时挖回的瓦罐,总之小时的我总觉得阁楼上有无穷的秘密。有时爬上高高的梯子,却发现吱吱作响的老鼠,吓得我赶紧下楼。可是过几天还会想着偷偷爬上阁楼。秋天的时候,母亲偶尔会用粮食换一些苹果放到阁楼上的罐子里,有时被我发现了,我会偷吃一两个,但是不敢太多,不知是母亲没有发现还是母亲装作不知,反正母亲从没有因此责骂过我。年景好一点的时候母亲还会买一些柿子放在阁楼上,等柿子变成软软的、红得透亮的时候,便拣下来给大家吃。后来慢慢长大了,阁楼也失去了神秘感和吸引力。

　　老屋屋檐下,有时会有麻雀窝。小时掏过几次,还有一次竟发现了蛇也爬到了屋檐上偷吃鸟蛋。屋前有棵桃树,叶子是细长的那种,是我五岁那年从地里移栽的,长得很慢,每年冬天我都会用稻草把它裹起来唯恐它冻死。过了好多年它终于结桃子了,桃子不大,但非常甜! 我每天早上起床就会仰着头,数着树上桃子有没有少。后来由于虫子太多,而且村子有人迷信说院子里不能栽种桃树,所以后来也就砍掉了。屋后有棵桑树,那是我上初三那年栽的,叶子肥大,特别适于养蚕,每到初春的时节总会有淘气的孩子翻墙进来偷桑叶,家人倒也没有因此生气。到夏收的时候,满树的桑葚由青变黑,随风一吹,便有几颗桑葚落地,拣起来放在嘴里,特别甜!现在这棵桑树已经碗口粗了,依然枝繁叶茂。

老屋冬暖夏凉。冬天大家围坐在热乎乎的热炕上,大人纳着鞋底,小孩子们在炕上嬉闹着;夏天总有一股凉风从屋子里穿过,晚上睡觉的时候必须盖被子。

小时候,我总是感觉屋顶很高,阁楼很高,现在回老家的时候老屋已经变得低矮、破旧。老屋在周围漂亮楼房的映衬下,变得有些刺眼。

今年我们老家也盖了新房子,老房子没有拆。老房子虽然破旧,却装载了快乐的童年。

某人的冬天

冬天是一个蛰居的季节,没有了鲜艳、活泼,也没有了跳跃和灵动。每个人都藏在厚厚的外套下,笨拙而且迟缓。天空多数的时候是阴霾,被雾霭笼罩着,没有明快的阳光,没有耀眼的、蔚蓝色的天空,但那却是春天的前兆。

高中的最后一个冬天,天气奇冷。凌晨 5 点一辆单车在泥泞的田间小路上吃力地、小心翼翼地前行着。冰雪尚未融化,冰和雪混合在一起,车子碾压过地面发出刺耳的吱呀声。单薄的他还是摔倒了,冻僵的手指差一点就摔成了两节。那个季节车成了他痛苦的回忆!

大学的第一个元旦,也下雪了!雪洁白、肆无忌惮。整整一个操场都成了雪的海洋。12 点熄灯后,他们宿舍所有的人都翻墙跑到操场上打起了雪仗,他们兴奋得像稚气未脱的孩子,跑着、叫着、追逐着!

那年的冬天,下雪了!而且是考研的前一天晚上下的,雪很大,持续了整整一夜。城墙边的小树林里、操场的台阶上、科技楼前的草地上,尽是可爱的雪。雪后的校园除了考研的身影外,几乎没有了脚印!雪是整张的白色地毯。他倔强地回家了,他清楚,过不了几天,这个迷人的景色就将化为乌有!这是他一生的痛,没有药可以医治,也无需医治,他已经习惯了那种痛楚的内疚和忏悔!

有一年的冬天,他在北京。风刀割似的,街上的灯光奄奄一息,他躲在电话亭里打电话。他很惊讶,温暖似乎可以通过电话线传递。那一刻他不再觉得寒冷,即使衣着很单薄!他经常写信,有的寄出了,有的没有寄出。没有寄出的信是写给自己的,经常自己偷偷地看看,仿佛那是回信、仿佛有人已经收到了那封没有寄出的信!那时的他没有回复,也没有承诺,就像一张纯色的纸,美丽却没有图画!

还有一年冬天,他在湖南。湖南的冬天湿润润的。竹是翠绿的,路边的橘树上挂着没有人采摘的红红的橘子。菜场上熙熙攘攘,剖好洗净的草鱼、活蹦乱跳的泥鳅、嫩绿诱人的菜苔,还有每天早上让人垂涎欲滴的牛肉米粉。没有了肃杀,到处仍像春天一样绿油油、活生生,冷却是真实的。晚上的被窝总是冷冰冰的,外套也总是穿在身上,像个粽子!

后来某年的冬天,他是在离家万里之外的异乡度过的。那里的冬天出奇的冷,零下20度,几乎每天都在下雪;冬天也长得出奇,从前一年的10月底到来年的4月初都是冬天!雪是像绣花针一样细,洁白,落得到处都是。草地、运动场、图书馆、Mendota湖的冰面到处都是洁白的雪。跑步的人们没有停下来,仍在清扫过的湖边小径上迈着轻盈的步伐。悠闲的人们在冰面上,搭起帐篷,温好啤酒,这才收拾渔具,打洞钓鱼。

去年的冬天,春节他携妻带子在离别近二十年后终于回到家乡陪着日渐老去的父母过春节。孩子兴奋地在平房屋顶上垒起了雪人,在满是雪的田间小路上像小狗一样撒着欢。他好像看到了自己快乐的童年。农村到处洋溢着春节的气氛,火红的灯笼,随处可见的鞭炮碎屑,挂在脸上的笑容,孩子恶作剧地扔小炮到你的脚底下,构成了一幅典型北方春节的景象!

今年的冬天出奇的冷,阴霾经常笼罩天空,灰蒙蒙一片。冬天里他学会了蛰居,变成了宅男。一下班就待在家里,写写字、看看书、上上网,偶尔给老同学打打电话,写写不痛不痒的文字;不关心所谓的政治,不牢骚满腹,不怨天尤人,不羡慕东家的富贵,不嫉妒西家的权势,做好自己,处处感恩,时时敬业。这段时间成了他反思和冬藏的时节。

四季中冬季往往没有歌颂,没有纪念,因为它的冷,它的平淡,它的荒芜,它的肃杀。但也许就是因为这些,荒草才不致蔓延,人性中恶的部分才被湮灭,又有谁能说冬季不好呢?

第二篇 触摸

来自远古的富裕

通常我们对于远古的同类充满怜悯,脑海中闪现的画面是寒冷、饥渴、病痛、瘦弱、孤独,真相是否就是如此呢?至少现在没有足够的证据证明那是一个"痛苦"的时代。

一般我们认为地球的能量来自于太阳,当太阳相对于地球没有发生重大变化时,地球上的能量也相对保持均衡,所以我们有理由认为远古时代地球上的人类和现时的我们拥有一样多的财富,比如最重要的食物。所以平均到单人时,远古人类每个人都丰富地占有某个地域的食物资源,食物种类也是异常的繁杂,有蘑菇和树叶,有根茎和果实,有蜂蜜和鸟卵。当然这些食物的获取在当时应该是简单的,甚至是随手可得的。

因为远古人类有了足够的食物,所以饥渴的情形会相对较少地出现。而且远古的人类对于单一食物的依赖较小,当某一种食物锐减时,可以随时改变食物的种类,改食其他食物。同时由于种群数量和规模较小,几乎不会对食物的总量造成影响。所以有理由认为远古的人类不会经常饥饿,不会偏食,不会肥胖和营养不良,也不会缺乏锻炼。骨骼化石也证明了远古时期的采集者身高较高,也比较健康。

此外,远古的人类也较少受到传染病的威胁,现代社会的传染病多半来自于家禽家畜。远古人类只驯化了最亲近人类的狗,而且大量的、流动的户外环境,较小的种群密度以及复杂的饮食结构,使得传染病相对于现代社会更难传播。

当然也有人说即使远古的人类拥有较长的寿命,可是他们遭受着精神上的"匮乏"。精神上的"匮乏"按照现代人的理解,其"症状"即没有时间思考、孤独思考、无谓思考。

在现代富裕社会,平均每周工作时间是40~45小时。当然不包括加班时间,不包括工作路途时间,甚至不包括为了工作的培训时间,当然也不包括超市购物、打扫卫生、洗碗拖地、交话费付信用卡的时间。而对于远古人类,可能他们花20分钟从树上摘了桃子,吃饱肚子,然后就是相互嬉闹。因此有理由相信在时间支配上他们远比我们自由。

他们孤独吗?他们一辈子见到的同类几乎都是自己种群内部的朋友,几乎见不到陌生人,他们长时间"厮混",更容易形成高效的协同,更加信任的配合。所以他们不孤独。孤独是现代人对大量陌生人和多变社会的焦虑。

远古人类有大把的空余时间无所事事,会不会形成无谓思考呢?富裕的时间可以用于对周边自然的感知、对周围同类的感触、对神灵图腾的感悟。远古人类对天气的预测、对食物的季候、对巡游的路线、对疾病的防治、对于虫害的规避,甚至对于声音、风向、地震都要思考。对自然的感知显然我们的祖先比我们更敏感、更熟悉。

同样他们有更多的时间和自己种群内的同伴们一起采食、一起游戏,一起面对共同的敌人,一起面对自然的变迁,一起享受自然的赐福,了解同伴甚过了解自己。他们一起向大自然膜拜,向神秘的力量致敬,向种群的图腾牺牲献祭,尽管他们迷昧,可是整个族群幸福地迷昧,也是有意义的,只是不是无谓的。

《圣经》创世纪中神创造了超乎想象、美丽而富足的伊甸园,而人类自作聪明去改变、去分辨、去尝试,结果失去了喜乐和富足,这其中的原因只有人类自己知道!所以从物质和精神的富足上,我们没有足够的底气去怜悯远古的同类们。但倘若远古的我们幸福于现在的我们,那我们是在进步还是倒退?

生活在左岸

(一) 塞纳河的左岸

塞纳河,法国巴黎的塞纳河;左岸,塞纳河的左岸。先有了塞纳河才有了巴黎,有了巴黎才有左岸的小资与温婉。

顺着水流方向,左手边的便是左岸,水利专业的朋友这样告诉我。我以前以为左岸是个地名,现在才明白它类似于天气预报中的局部地区一样。

提起左岸,似乎可以闻到一股淡淡的文艺气息,飘着老音乐的旧书店、弥漫着咖啡豆香味的咖啡馆、放映文艺电影的小影院、展览不知名画家画作的画廊,还有散步于塞纳河边大学校园的老教授们,雅致、散漫、怀旧。

据说,就连"知识分子"(Intellectual)这个词都和左岸有关。两个来自左岸、学富五车的读书人向宗教统治势力发起挑战,靠他们渊博的学识、严密的逻辑舌战群儒,竟然纠正了当局对一个宗教迫害案的错判。从此,人们把用知识改变人类命运的这些读书人称作"知识分子"。

"左岸""右岸",多年以前似乎是一种理念分界线。"左岸"是文人骚客的聚集地,充满了人文情怀;"右岸"则是银行家和政治家的圈子,充斥了权贵和财富。一条几十米宽的平稳大河——塞纳河,把喧闹的巴黎分成了左岸和右岸,这种地区的简单隔离能阻断多少思想或行为的交流、融合和碰撞呢?但是,的确存在着这样的心灵分界线:左岸是清贫且奋斗,左岸是极致且激情,左岸是感性且浪漫。

要听一段音乐寻找思想上的知音,来左岸;要诵读一篇诗歌寻求知己,来左岸。数百年来,左岸逐渐成为一笔文化遗产、一串思想符号。当你不经意走进一家咖啡馆,也许一不留神就会坐在海明威坐过的椅子上、萨特写作过的灯下、毕加索发过呆的窗前。

虽然,我没去过巴黎,我却喜欢上了左岸。

(二)渭河的左岸

我的家乡在渭河的左岸,童年时光的快乐多与渭河有关。春天,在渭河边抓蝌蚪;夏天,在河里游泳捉鱼;秋天,去河边的花生地里偷花生;冬天,去河面滑冰。这些与河的左岸右岸没有太大的关系。

直至中年,才逐渐对家乡、对渭河、对渭河左岸产生了浓厚的兴趣。

渭河,是陕西的母亲河,犹如塞纳河对于巴黎一样。渭河滋润并养育着这里的人民,渭河的左岸便是神农氏教民稼穑的地方。我国最早一部诗歌集《诗经》便与渭河有着密切的联系,其中的《周南》《秦风》《小雅》等,皆为其时生活在渭河河谷、渭河平原上人们的作品。李白在《君子有所思行》中说:"渭水银河清,横天流不息";白居易在《渭上偶钓》中说:"渭水如镜色,中有鲤与鲂";温庭筠在《咸阳值雨》中吟道:"咸阳桥上雨如悬,万点空蒙隔钓船。还似洞庭春水色,晓云将入岳阳天";卢纶在《奉陪浑侍中上巳日泛渭河》说道:"青舸锦帆开,浮天接上台。晚莺和玉笛,春浪动金罍。舟楫方朝海,鲸鲵自曝腮。"

在20世纪初叶,渭河仍是一条名副其实的客货两用水上运输线。1942年,鲁迅先生有过一次西安(西北大学)讲学之行。他是8月4日离开西安返京的——"乘骡车出东门上船,由渭水东行"。

对于渭河,渭河边长大的人可能远比其他人爱得深沉。曾几何时,渭河满目疮痍,遍地是采沙场,河水污浊腐臭。这几年再回家乡时,已经有了改观,道路整洁平顺,还留有自行车道。路旁花木锦簇,而且建了许多湿地公园供人们休闲娱乐。左岸的情怀初现,诗人们笔下的渭河美景已经显现,家乡也越来越美!

(三)生活的左岸

生活,是一条河,从远古流到现在,"逝者如斯夫"的生活还在继续,诗和远方的田野在左岸,生活的苟且在右岸。世上的事往往因错过而显得持久,持久是因了缅怀、凭吊的方式永存于人心。

《北京遇上西雅图之不二情书》中相濡以沫走过70年的爷爷在补办的婚礼上对老伴说:"老太婆,你身体一直不好,又不爱动,没事总喜欢躺在沙发上织毛衣。说句难听的,你可能会比我先走。这样也好,你胆子小,又笨,总爱哭。我先走的话,你一个人我不放心。我脾气不好,你要是到了那边,愿意的话,就等一等我。如果你不愿意,你就找一个脾气比我好的。我想好了,你墓碑旁边留一块地方,写我的名字,你看行吗。好了,怎么穿衣服的,丑死了。"

奶奶幸福、木讷地说:"谢谢你。"

这也许就是生活的左岸。

彼岸花

春天已经逐渐占领了我们的生活,鲜嫩的绿色和灿烂的花朵随处可见,有大方的玉兰、簇拥的紫荆、奔放的杏花、肆意的油菜花,也有来自异国的樱花。有的蒂落变成了果,有的却只是花落叶长。

有一种花叫作彼岸花,开在秋季。记得小时候秋季的田埂上、荒野中时常会看到红艳艳的花朵,没有叶,只有花,只知道大家叫它"石蒜",并没听到过其他更文艺的名字。待到电影中出现彼岸花的时候才回想起曾经见过。

彼岸花,春天悄无声息,夏天生绿长叶,秋天叶落开花,冬天变成茎状。花开彼岸,花不见叶,叶不见花,生生相惜,有着永远无法相会的悲恋之意,所以得名彼岸花。

彼岸花又名曼珠沙华,是佛经中描绘的天界之花,成语"天花乱坠"也与此花有关。《法华经·卷一》云:"尔时世尊,四众围绕,供养恭敬尊重赞叹;为诸菩萨说大乘经,名无量义教菩萨法佛所护念;佛说此经已。结跏趺坐,入于无量义处三昧,身心不动,是时乱坠天花,有四花,分别为:天雨曼陀罗华、摩诃曼陀罗华、曼珠沙华、摩诃曼珠沙华。而散佛上及诸大众。"

相传人死后先到鬼门关,过了鬼门关便上一条路叫黄泉路。路上盛开着大片大片的彼岸花,远远看上去,就像是血所铺成的地毯。黄泉路因其花红似火而被喻为火照之路,人就沿着这花的指引通向幽冥之狱。过了那条盛开着彼岸花的黄泉路,就到忘川河。忘川河水呈血黄色,里面尽是不得投胎的孤魂野鬼。忘川河旁边有个三生石,石身上的字鲜红如血,上面刻着四个字:早登彼岸。忘川河上有一座唯一的桥叫作奈何桥。奈何桥尽头有个望乡台,望乡台是最后遥望家乡和亲人的地方。望乡台旁边有个孟婆,手里提着一桶孟婆汤。每个人都要走上奈何桥,孟婆都要问你是否喝碗汤,汤是用忘川水熬成,也叫忘情水,喝下去就会忘记今生今世。

花还是那朵花,无叶的花,或许本就是一朵普通平凡的花,却被人们演绎出那么多的故事。无论是喜悦还是悲伤,都与花无关。花只顾长叶开花,只是这看花的人虚拟出死亡的黄泉路、忘情的孟婆汤和挥手作别的望乡台,才让这花变得诡异、神奇而又神秘。

后来,见到真正的彼岸花是在兴善寺,雨过天晴的秋季早上,地面潮湿,花朵艳丽,阳光从周边的柏树中透射过来,洁净、光亮、安静。彼岸花开一大片,却没有拥挤,自顾自地开放着,也是安静、雅致。

粽子节里悼屈原

中国的大多数节日都和吃有着密切的联系。春节的饺子和元宵节的元宵自不用说,中秋节等价于月饼节、端午节混同于粽子节,每个节日都有深厚的背景和美丽的传说。这些节日中,唯有端午节让人在食用粽子之余,多一些感慨,多一份联想,联想起那个穿越了几千年,仍铁骨铮铮的爱国之士。

(一)楚国的屈原

为什么我的眼里常含泪水?
因为我对这土地爱得深沉
　　　　　　　　——艾青《我爱这土地》

屈原,是楚国的屈原。楚国,却不是屈原的楚国。

公元前340年正月初七,屈原生于楚国丹阳。他自幼嗜书成癖,读书多且杂,年少即显才俊。屈原虽出身贵族,但因自幼生活于民众之中,加之家庭的良好影响,故而了解民生疾苦,同情贫穷的楚国百姓。

公元前321年,是年屈原十九岁,秦军犯境,屈原组织乐平里的青年奋力抗击,一展其非凡之才华。次年屈原应怀王之召出山进京,后年升任楚怀王左徒,秋,使齐。

公元前317年始,屈原变法改革,民心沸腾,国力渐升。但因为旧贵族阻挠,变革面临着覆灭的命运。公元前314年,屈原因上官大夫之谗而见疏,次年屈原第一次流放汉北地区。为了破楚、齐联盟,秦国派张仪贿赂楚国权贵宠臣,屈原极力劝谏,楚怀王偏听张仪,联秦背齐。齐王大怒,断绝与楚的合纵,反而和秦国联合。楚怀王怒,先后两次兴师伐秦,结果败北,大将军屈丐、裨将军逢侯丑等被秦军俘虏,汉中郡陷。

公元前312年怀王复用屈原使齐,齐楚复交。

公元前304年,屈原流浪汉北。后年秦、楚两国关系恶化。屈原疾王听之不聪也,谗谄之蔽明也,邪曲之害公也,方正之不容也,故忧愁幽思而作《离骚》。

公元前296年,怀王死于秦国。屈原后被免去三闾大夫之职,放逐江南,长达18年。

屈原曾任左徒,"入则与王图议国事,以出号令;出则接遇宾客,应对诸侯",这说明屈原的政治抱负是宏伟的,也部分得到了实现,其变法得到了民众的欢迎。然而怀王贪而无信,馋而不明,所以屈原两次被流放。屈原一生在齐楚、秦楚两国关系的更迭中跌宕,无论是高居朝堂,还是流放荒野,屈原对楚国的爱都是那么深沉。

(二)跳江的屈原

因水而亡的诗人很多,比如爱酒、爱月的诗仙李白,旅居当涂,因酒醉溺亡,卒年六十有二;比如诗圣杜甫,客死在衡州耒阳,被大水围困近十日,卒年五十九。无论是杜子美还是李太白,都是郁郁不得志,老朽而不得报国之门,却仍旧在苦苦等待机会。

屈原却鄙视这样的生活:不得志,毋宁死。同样是因水而死,他却是自由地、主动地、积极地投向了汨罗江。公元前278年,秦国再攻楚,占郢都。消息传来,屈原重返郢都的希望彻底破灭,于是他作诗篇《怀沙》,后投汨罗江,终年六十二。

有些死是逃避,是恐惧;有些死却是挑战,是宣誓。屈原投江,凛然无畏,悲愤忧国。国之将亡,其身何用?其言何用?对于一个积极变革的人、一个勇敢御外的人、一个遭流放仍不忘力谏君王的人,似乎这样的死才能不辱其生命的瑰丽。

(三)爱码字的屈原

很多先贤都在探求"这民族,这文化"的源头,其目的也是要借此"给后代的散漫和萎靡来个对症下药吧",闻一多曾说:"文化是有惰性的,而愈老的文化,惰性也愈大!"

文化如此,对于民族亦是如此。

屈原以前的诗歌,不管是《诗经》或南方民歌,大多是短篇,而屈原将其发展为长篇巨制,《离骚》一篇就有2400多字。在表现手法上,屈原把赋、比、兴巧妙地糅合成一体,大量运用"香草美人"的比兴手法,把抽象的品德、意识和复杂的现实关系生动形象地表现出来。在语言形式上,屈原的作品突破了《诗经》以四字句为主的格局,每句五、六、七、八、九字不等,也有三字、十字句的,句法参差错落,句式多变;句中句尾多用"兮"字,以及"之""于""乎""夫""而"等虚字,用来协调音节,起伏回宕、一唱三叹。

《离骚》《天问》《九歌》是屈原作品三种类型的代表。《离骚》是屈原用自己的理想、遭遇、痛苦、热情以至整个生命所熔铸而成的宏伟诗篇,其中闪耀着鲜明的个性光辉,是屈原全部创作的重点;《天问》是屈原根据神话、传说材料创作的诗篇,着重表现其历史观和自然观;《九歌》是楚国祀神乐曲,经屈原加工、润色而成,充满浓厚的生活气息。

作为堂前高官,他曾经辉煌过、闪耀过,所以不悔;作为国之庶民,他曾经迷茫过、失望过,终却不弃;作为人中智者,他曾经咏唱过、祈祷过,爱之深切。

仁者乐山,智者乐水。

吃着粽子,悼念智者也是不错的精神旅行。

杜甫与杨虎城

杜甫公元712年生于河南巩县,大历五年(770年)客死湖南耒阳,时年五十九。

杨虎城生于1893年,陕西蒲城人氏。原名杨虎臣,后守城西安,为表二虎守城,改名虎城,1949年9月6日被害于重庆松林坡。

一为诗圣、一为将军,前后相差1200余年,但二公皆人之雄杰,忧国忧民,晚年皆苦难,不得全身,在少陵原却将二公联系在一起。同在少陵原的杜公祠与将军陵园毗邻,二者均为松翠掩映,幽静清雅,供世人悼念。

吾于周日午后和高中同窗游于此地,撰文以记之。

(一)他们的青少年时期:一个没了妈,一个没了爹

杜甫出身于京兆杜氏,乃北方的大士族。先祖为晋代大将军杜预,是著名学问家;祖父杜审言有诗作《春日怀归》:"春日怀归望,春归异往年。河山鉴魏阙,桑梓忆秦川";父亲杜闲也长期在京城长安附近做官,曾任武功县尉(呵呵,和武功有关哟),终于奉天(今陕西乾县)令任上。由此看来,杜甫三代及远祖都是京兆人,都将长安当作自己的故里。

杜甫59年的人生不都是现在人印象中那般穷困潦倒、艰难苦恨,至少他的前半生是跟其他太平盛世中的公子哥一样的。杜甫出生于一个世代为官的官僚家族,富裕的家境为杜甫提供了良好的教育和优裕的成长环境。

杜甫2岁的时候,母亲过世了,但是幼年的杜甫并不缺少母爱。忙着做官的父亲把他寄放在洛阳的姑母家,姑母待她胜过亲生。大约在杜甫3岁的时候,他和姑母的孩子同时染上了疫病,姑母尽量照料他,自己的儿子却丢了性命。长大后,杜甫与人谈起此事,常常泪流满面。

杜甫7岁就会写诗,他曾在诗中自述:"七龄思即壮,开口咏凤凰。"十几岁的时候,他开始与文士及官员交往,出入翰墨场所,得到前辈褒扬。

杨虎城却没有杜甫的幸运,既不是官二代,也不是富二代,但他却有一个足以让人刮目的职业——"关中刀客"。

1893年毛泽东出生于湖南,此人改变了神州大地;同年,杨虎城出生于陕西,此人也是家喻户晓。杨虎城出生于陕西蒲城县孙镇甘北村一户农民家里,幼名长久。因家境贫寒,久娃只读过两年私塾,12岁被介绍到一个饭馆当杂工混口饭吃,主要工作是拉风箱烧火。1908年,其父因罪被杀于西安,14岁的他借了一辆独轮手推车,步行100千米将父亲的遗体推回甘北村。因无钱安葬,还是乡民凑钱才草草安葬。后来他在家乡组织了一个丧葬互助组织孝义会,当年中秋孝义会扩大为以打富济贫为宗旨的中秋会。

1911年,武昌起义爆发后,杨虎城率会众参加陕西民军向字营与清军作战。袁世凯成为总统后,裁减民军,他当兵两年后退伍回乡。当年去了姑母家所在的村庄,打死前去收债的恶霸秀才李桢,遂落草上山,逐渐拥有六七条枪,百十号人,成为同州一带著名的刀客。此时18岁的他已经是响当当的"关中刀客"了。

19岁那年,杜甫出游了。当时但凡有名气、有才气的人都喜欢旅游。他出游郇瑕(今山东临沂),漫玩吴越。20岁以后,杜甫过着漫游的生活,那是唐朝文人的风尚。他先是在南方吴越等地,后在山东、河南一带,结交名流,张扬声名。年轻时的杜甫雄心万丈,他登上泰山,写出了"会当凌绝顶,一览众山小"这样豪气万千的句子。

那时的杜甫,家底雄厚,虽然没做生意也没做大官,也不愁生计。

22岁那年,杨虎城率众参加陕西护国军,在华县、华阴等地截击袁军。23岁他当营长了,任陕西陆军第三混成团第一营营长。24岁那年,孙中山在广州树立护法大旗,于右任在陕西三原设立陕西靖国军司令部,杨虎城顺势参加护法战争,任陕西靖国军左翼军支队司令。北洋政府企图围歼陕西靖国军,他率6000余众与陈树藩所部万余人血战六昼夜,打破了北洋军的进剿。

24岁那年,杜甫在洛阳参加进士考试,结果落第。杜甫的父亲时任兖州司马一职,杜甫于是赴兖州省亲,开始齐赵之游。

不一样的出身,不一样的青少年时期。

(二)他们的中年时代:身死为忧国

杜甫生活于唐朝由盛转衰的历史时期,其早期作品主要表现理想抱负和所期望的人生道路,后期许多作品则反映当时的民生疾苦和政治动乱、揭露统治者的丑恶行径。随着唐玄宗后期政治越来越腐败,他的生活也一天天地陷入贫困失望的境地,颠沛流离的生活也日渐困顿。

天宝六年(747年),杜甫35岁了,玄宗诏天下"通一艺者"到长安应试,杜甫也参加了考试。由于权相李林甫编导了一场"野无遗贤"的闹剧,参加考试的士子全部落选。科举之路既然行不通,杜甫为实现自己的政治理想,不得不转走权贵之门,投赠干谒等,但都无结果。他客居长安十年,奔走献赋,郁郁不得志,仕途失意,过着贫困的生活,"举进士不中第,困长安"。

天宝十年(751年)正月,玄宗将举行祭祀太清宫、太庙和天地的三大盛典,39岁的杜甫于是在天宝九载冬天预献《三大礼赋》,得到玄宗的赏识,命待制在集贤院,然而仅得"参列选序"资格等候分配,因主试者仍为李林甫所以没有得到官职。

天宝十四年(755年),43岁的杜甫终于当官了,被授予河西尉这种小官,杜甫不愿意任此"凄凉为折腰"的官职,朝廷就将他改任右卫率府胄曹参军(低阶官职,负责看守兵甲器杖,管理门禁锁钥)。杜甫至长安也十年有余,为生计而接受了这所学无用之职。十一月,杜甫往奉先(现蒲城,杨将军的老家)省家,他刚刚进到家门就听到哭泣声,原来小儿子饿死了。就长安十年的感受和沿途见闻,他写成著名的《自京赴奉先县咏怀五百字》,其中"朱门酒肉臭,路有冻死骨"成为不朽名句。

杜甫后曾入狱,也做过小吏,后入川居住,后穷困卒于湖南。杜甫的作品在当时甚至在死后的近百年几乎没有引起大家的注意。后白居易力推杜诗,而宋代人对杜甫的赞誉达到了顶峰。

1926年,杨虎城33岁,是年4月28日刘镇华率"镇嵩军"抵达西安,围攻西安八月有余。11月28日凌晨,镇嵩军全线崩溃,被围八个月之久的西安城得以解围。战后西安大祭,杨虎城将军含悲手书一联:"生也千古,死也千古;功满三秦,怨满三秦。"他和李虎臣一起坚守西安,人称"二虎守长安"。为表守城之志,两人均改名"虎城",即杨虎城、李虎城,一时传为佳话。后来,杨虎城竟以此名传世。

1927年初,应冯玉祥的邀请,杨虎城就任国民军联军第10路军司令,旋改任国民革命军第二集团军第10军军长,率部东出潼关会攻河南。

1935年,42岁的杨虎城任陕西绥靖公署主任,同年4月被授为陆军二级上将。

43岁那年,也就是1936年,杨将军和张学良将军发动了为人所称道的"双十二事变"。1936年12月趁蒋介石亲临西安督逼东北军和第17路军"剿共"时,在与张学良多次向蒋进谏无效后,杨虎城于12日同张学良发动兵谏,扣留蒋介石,并以八项抗日救国主张通电全国。经中共中央派周恩来等参与谈判,与蒋达成停止内战、共同抗日的六项协议。由此为蒋所忌恨。1937年1月杨虎城被南京国民党政府撤职留任。

43岁的杨虎城因身心劳顿,身患重疾,他的第二任夫人张蕙兰为了照顾他而无暇照顾亲生子拯人,致生子因急病夭折。杨虎城和杜甫一样眼睁睁看着自己的孩子死去,却无力回天。6月他被迫出国"考察",期间游历美、英、法、德等国,宣传抗日主张。"七七"卢沟桥抗战爆发后,他多次向蒋介石发电,要求回国抗日,遭到拒绝。1937年11月底他由法国回到香港,准备参加抗日工作。随后被诱至南昌囚禁。

44岁以后的杨将军一直身处牢狱,逐渐淡出人们的视线。

转瞬千年过,评述有后人。不一样的时代,一样的忧国忧民。

(三)他们与长安(西安)的不解之缘:魂归少陵原

杜甫和少陵颇有渊源。他曾长期居住在少陵附近,又因远祖杜预本是长安人,所以自称"少陵""少陵布衣""杜陵野老""杜陵野客",诗集也以《少陵集》命名。杜甫在长安居住10年,又在关中各地颠沛流离四年多。754年,杜甫43岁那年,他把全家接到长安少陵原。秋末,霖雨下了60余日,庐舍墙垣,颓毁殆尽,无法再维持。于是杜甫只好投奔妻子杨氏的亲族,到离长安120千米的奉先(蒲城)居住。

杜甫一生创作了1400多首诗,其中主要在陕西创作的"三吏"(《新安吏》《石壕吏》《潼关吏》)和"三别"(《新婚别》《垂老别》《无家别》),与在陕西长安创作的"三行"(《兵车行》《丽人行》《贫交行》)以及《自京赴奉先县咏怀八百字》《春望》等,成为杜甫诗歌中最具诗史意义、最经典、千古不朽的作品。他的一生如同他的诗风一样沉郁苍凉而不失雄浑瑰丽。落霞满山的少陵原上,也许可以再现当年的春望别歌!

杨将军生于陕西,一生转战晋陕,曾守卫西安,主政陕西,兴修水利、扶持教育,发动西安事变,更为陕西人所熟知。

杜公祠位于长安区韦曲镇东的少陵原畔,距西安约12千米,是杜甫的祠堂。它北倚少陵原,南临樊川,祠内花草茂盛、环境幽雅,祠院内有三间享殿,殿内供有杜甫泥塑坐像一尊。祠内最珍贵的文物是唐肃宗乾元二年(750年)杜甫写的《俯太中严公九日南山寺》石碑的墨拓本,这是现存唯一的杜甫墨迹。

1949年9月6日,国军弃守重庆前夕,杨虎城及其幼子杨拯中、幼女杨拯贵,其秘书宋绮云和夫人徐林侠以及他们的幼子"小萝卜头"宋振中等一共8人在重庆被害。建国后杨虎城将军归葬于陕西省西安市长安区"杨虎城将军烈士陵园"内,随葬的有其第三任夫人谢葆贞,其子女杨拯中、8岁的杨拯贵(与母合葬),还有宋绮云夫妇、副官、卫士等人,将军陵园北邻杜公祠。

第二任夫人张蕙兰,长期操持家务,默默无闻地侍奉杨太夫人,至亲至孝,众口皆碑。西安事变和平解决后,杨将军身患重病,她日夜陪伴。罗佩兰夫人、谢葆贞夫人所遗子女,她视若己出,抚养他们成人,她被人誉为"无名英雄"。新中国成立后,她长期担任西安市政协委员及陕西省政协委员。1993年2月7日病逝,终年89岁,亦安葬在杨虎城将军陵园。

杨虎城将军的故居,位于蒲城县城东槐院巷,坐北向南,分东西两院。建于1934年,距今已有六十多年的历史,是一座传统式的民居宅院,杨虎城将军与其母孙一莲,夫人张蕙兰、谢葆贞及儿女都曾在此居住过。故居收藏的有杨虎城将军生前用过的部分桌、椅、床、柜等家具,其中最引人注目的是杨虎城与张学良两位将军西安事变前夕互赠互勉的条幅"勿忘国耻""为国努力"。

曾于2014年10月与同学同游蒲城杨将军故居,近日又游杜公祠和将军陵园。感念古人,于是记之。

假如　今天是你的生日

假如　今天是你的生日
生命在这一天里绽放
因　你是那盛开的荷花
亭亭　纯美

假如　今天是你的生日
我的前半生便是虚度
为　前世邀约的回眸
默默　静候

假如　今天是你的生日
即使没有点燃的蜡烛
听　歌声已在心间浅吟
冉冉　摇曳

假如　今天是你的生日
河畔的苇荡里水鸟为你翱翔
看　奈何桥边的倒影散满
落落　惆怅

假如　今天是你的生日
采撷路旁的几朵野花送你
品　那清香素雅如一片云彩
淡淡　怀念

没有目的的旅行

某日约朋友去郊外游玩,朋友问去哪?其实我也不知道去哪,只是觉得远离了乡间的泥土和茅屋的炊烟,心里总是惴惴不安。

去渭河边晒煦暖阳光、听哗哗水声,是随意间走到了渭河边;来池塘旁闻淡淡雪香、听雪落消融,也是无意间驱车的;沣河边静水无澜,钓起落日霞光;穿行在田埂之上,禾苗葱葱,野花烂漫;攀爬在秦岭山间,举目眺远,清风拂面;后去草堂品烟雾,去兴教寺、香积寺虔拜也都是顺天意而为。

有了目的,事情总是直达的,没有了悬念和恣意,没有绕路和曲折,却也少兴致和惊喜。在去爬山的路上,看到了养蜂人,于是看养蜂人逐花取蜜成了目的,爬山成了其次;去杨凌看望朋友,却无意间看到了西农校园里的牡丹,含苞未放,高贵雅致。

前几日去兴教寺,循着导航的指领,一直行驶在雨后的乡村公路上,路旁尽是高大的梧桐树,没有叶子,平凡的梧桐花泛着清香,大大方方地围裹着窄窄的柏油路面;路边的乡村,安详清静,时不时有孩童嬉戏,有村妇在溪旁洗衣。田野里有核桃树、柿子树、樱桃树、桃树、杏树,都抽着新芽,透着欣喜的光。麦苗已经抽穗,小葱已经出了葱薹,虽然没了张扬的花,却都挂着幸福的果。

旅行,不一定需要有目的和计划,随心率性似乎更好。

冷峻、严肃和不动声色的幽默

又是一个北京的午后，我又来到了那个曾经思过念过的书吧。还是老座位，还是一杯柚子蜂蜜茶，还是温馨的台灯散发出的棉絮似的光，还是那张窄小的实木书桌，静寂、柔软、安暖，我像一只散漫的小猫蜷缩在一角，贪婪地享受着茶的韵香、书的光亮、音的美致。

书店的名字叫彼岸书店，名字朴素，像她的门脸一样，低调得一塌糊涂，也许叫左岸更有文艺的范儿。推门而入，才觉别致，店内气氛静谧，透着古典雅致的韵味，立时让人从都市的喧嚣躲进一世温柔书乡。书店小，却有拱桥和读书的座位；书店有茶饼、佛珠，还有对每本书的细致的推荐。书不多，很杂，却都是印刷精致的精品；书也不拘一格，有厚重也有轻巧；有时下流行的大数据，也有经典的哲学著作，但从不会偏离人文的情怀和立场。

因为前一天的应酬，其实上午一直不舒服，也一直在办事，甚至午餐也就喝了一杯豆浆，吃了两口面条，但此刻的我顿时有了精神。

临了买了两本书。一本是科马克·麦卡锡（Cormac McCarthy）写的《路》（*The Road*），描写的是一对生死相依的父子，在世界末日充满恐惧与死亡的黑白世界中追寻微弱但的确存在的希望。文字出奇的简单和短促，画面在一连串的离散的动作中重构，没有了纷繁的情绪表达，一种貌似简陋甚至散乱的文字却露出深厚感情的芽。一位著名编辑对麦卡锡作品的评价是"冷峻、严肃和不动声色的幽默"。

一本是《大数据时代》。在回来的飞机上我简单翻阅了一遍，大数据的时代看来真的来了，一个不依赖采样定理、没有明确数学模型、不完全符合统计概率、没有精细因果和统一结构的全数据时代来临了。数据也是一种资源、一种智慧、一种态度，量变引起注意力的转移、资源的重新分配、处理问题方式的变迁,这些都成为触发新经济模式的因素。

自己随身带的《金刚般若波罗蜜经》看了很多遍,很多地方都看不懂,以悟火锤炼烦恼,得了然明净。经,即是径,得道之路。经无捷径,唯多悟尔!

也说时间

最近一段时间,"时间去哪儿了"成了举国热议的焦点,其热度远远超过了"庆丰包子"。随后自己也跟风下载了一首王铮亮的《时间都去哪了》,静静地听了几遍,泪水竟然湿润了眼眶。

时间到底去哪了?我们在问自己,也在问自己的内心。时间其实是公平的,无论你富贵或是贫穷,无论高贵还是平凡,一天都是 24 小时,过一年都老一岁。每逢年底都会感觉一年又像飞鸟一样飞过了,飞过了喜悦,飞过了苦闷,飞越了幸福,飞越了失望。我们都在忙碌着、迷茫着,却从没有停下的勇气和机会。

一秒的时间在刻度上是等同的,然而在感受上却是不同的。幸福的一刻钟远抵过一生的苦痛,会成为终生最深刻的记忆。数学上的狄拉克 δ 函数就是这么一个"函数",短短的一瞬间成就了全部,也为记录和拉长瞬间提供了一种可能。

记得有一天下午,天空飘着洁白的大雪,我静坐在河边的车里,一切都是安好的,好似电影里宁静的雪景,时间似乎是静止的,人和思维也是静止的!雪就这么下着,落在远处的冰面上,冰也洁白了;落在近处的沙滩上,沙滩也白了;落在车窗上,车窗也只剩下白色的亮光。"这是不真实的!"确实是这样的。我却舍不得打开雨刷刷去让时光凝滞的雪,尽管一直下的雪没能阻止慢慢黑下来的天色。

上帝制造时间时总是让幸福的时光短暂,让苦痛的岁月漫长,即使这样我们也总不免受到幸福的诱惑。我们宁愿为了片刻的温暖,接受长久的炼狱!

人一辈子总得记住几个短暂的场景,也许就是弥留之际的冥冥念想,但这种记忆也许可以镌刻在灵魂中,成为来世相约的信物。这种类似流星余迹的信号却可以成为穿越时空的通信方式,时间已经变得不重要了,或许时间已经固化成常量。

每一次相遇,都是久别重逢

唯美的画面感,唯美的打斗和配乐,唯美的台词,都让人觉得这不是一部动作片,倒像是一部爱情片。

"每一次相遇,都是久别重逢。"《一代宗师》中的宫二先生如是说。

"我在最好的时候碰到你,是我的运气。"宫二先生这么对叶问说。

金楼中,当叶、宫二人腾空旋转四目相对之时,二人保持极近的距离和极大的克制,却是埋下了一颗凄美的爱情种子。他们没有言语上的承诺,却在心里信守了终生的誓言。

我是在什么时候开始相信佛缘与前生后世的,已经记不得,或者这本身就不重要。我曾无数次在书本里探求,在空灵中想象,我的前世到底是什么——一匹放驰的野马,一位豪侠的刀客,或者一名唱戏的伶人?抑或是一只噬咬了经书的老鼠,一个衣衫褴褛的乞丐,或者落了魄酸腐的诗者?

有一天,我终于确定我前世一定是佛前的一片经幡。因为当我肆意飘扬的那一刻,就明白今世相遇,是久别的重逢。前世的我,在殿堂潜心修炼,不为成佛,不为得道,只为等你相见的缘。

佛说,五百年的修炼,才换得今生的一次回眸。每一天,我都与许多路人擦肩;每一日,我都与众生结缘。我知道,只需凭借一朵微笑,一个回眸,就可以找到那个和我缘定三生的人。然而我还是不能确定你是否就是佛前的灯烛,借由那明晰的胎记,我便确认了!

这时我对轮回之说深信不疑了,我凝望了你的前生,只为来世的预约。拉了钩的手,许下的诺,成了终生的誓言。我是没有胎记的,我笑着说,我就是那游荡的孤魂,心里却有浓浓的挂牵。

我是幸运的,在茫茫人海中寻到了自己,找到了你。凡尘中的雾成了瞭望的窗口,似一叶兰舟,放逐到莲开的彼岸。

　　来世的某一天,如果我们在奈何桥上相逢,请一定不要忘记那个朝你微笑的人,曾经在红尘共有的那一段苍翠流年,还有那一句沉甸甸的诺言。没有印记,可就是那一个回眸,一朵微笑,你是否熟悉?

　　我就像轮回道里一缕飘逸的游魂,修一段菩提的光阴,念一段有你的岁月。整个世界,简单而宁静,荷香淡淡,岁月悠悠。一次次望着飘然远去的背影,原地守望,蓦然转身,已经走过几世,未来的岁月还是漫长的等待。

　　或许我是你前世一直无法破解的棋局,你是我今生永远不能猜透的谜底。无论是电影还是人生,我都相信了,世间所有相遇,都是久别的重逢。

又认识你

我们其实是认识的,我们在二十年前就认识,或许更长。时光的机器飞转,你向了西,我向了东。从此我们失去彼此的讯息,犹如石沉了大海。突然有一年,我们都有了彼此相见的愿望,于是我们约定了相聚。

你存在/我深深的脑海里/我的梦里/我的心里/我的歌声里

歌者将歌词意境表达得淋漓尽致,大多数人忘记了原唱和作者,但都记住了那个声音沙哑的大男孩。二十年前的影像还是那么清晰,好像昨天我们还是青葱少年;二十年前的乡音还是那么温暖,好像我们还是同桌。二十年前唱过的那首《水手》不仅励志,更有些许的沧桑和成熟,二十年前的校园记忆已经随着老建筑的拆除逐渐远去,但那种友情却是记忆犹新。

记得我们在渭河边上意气风发的留影,记得我们在上学路上的长谈,记得教室里自习时的吵嚷,记得午饭后散坐在校门口的铁轨上,记得晚自习偷偷跑到氮肥厂的家属院看电视,记得年少时初恋女孩长长的发丝,记得楼旁梧桐树上清脆的知了声,记得课间吃的辣椒灌的白菜包子,记得一起抽过的廉价香烟,记得夏天久不下雨操场厚厚的尘土,记得每个人年少时稚嫩的脸庞,还有记忆的深处忘不了的身影。

佛说百世修来同船渡,我们的缘分又岂止同船渡河。

我们二十年前认识,二十年后将再一次认识。有些人走散了,我们又努力相聚;有些人走远了,我们又再次拉近。岁月像把杀猪刀,我们添了皱纹,少了轻狂。再过二十年,我们将近退休,还能否再聚首回忆那些往事、那段不朽的青春年华?

又认识你,真好!

冯从吾，其人其事其碑

冯从吾，这是一个关中人必须铭记的人，然而事实上很多人并不了解，甚至没有听说过他。我第一次见到冯从吾的名字是在陪儿子去岳麓书院查阅关中书院的相关资料时。

作为关中书院的创始人，冯先生不仅是西部高等教育的奠基人，也是明代关中最重要的理学大师。

冯从吾，字仲好，号少墟。西安府长安人，世称"少墟先生"，生于明嘉靖三十六年（1557年），卒于天启七年（1627年）。先生幼承庭训，虽少年失怙，十三岁丧母，但仍一心向学，后入太学，受业于督学关中许孚远（静庵）门下，其"识力之卓荦，大为静庵器重"。

万历十七年（1589年），举进士。官至御史，为政清峻，敢于直面朝政时弊，上《请修朝政疏》曰："陛下郊庙不亲，朝讲不御，奏章留中不发……每夕必饮，每饮必醉，每醉必怒……一言稍违，辄毙杖下，外庭无不知者。天下后世，其可欺乎？……"因此惹怒皇帝，遭群小恶之。

万历二十年（1592年）削籍告归，从此"直声震天下"。家居二十五年，杜门著书，取先正格言，体验身心，造诣愈邃。与凤翔张舜典、左卫周传诵等关学学者先后会讲于宝庆寺。后在地方官员帮助下，创关中书院，并主持院务，弟子甚众，"川至云集""环而听者常过千人"。

1621年，熹宗即位，冯从吾应诏任左都御史，与邹元标于京师共建首善书院，大兴讲学之风，集诸同志鼓孔孟之道，倡宋明理学，发明人性本善，圣人可为之旨，是推"南邹北冯"。是时朝廷东林与阉党两大派系争权夺利，宦官魏忠贤残害忠良，冯从吾仗义执言，世人谓有"于（谦）张（居正）之风"，终为阉党所忌，遂再次引归。

天启四年（1624年）春，冯从吾应诏为南京右都御史、工部尚书，又遭阉党陷害,将诏奉官衔全部削夺。然冯从吾未因一官得失而动信念,以讲学抗争。魏阉更加记恨,派爪牙乔应甲抚陕,于天启六年(1626年)捣毁关中书院,"曳先圣像,掷之城隅""从吾不胜愤悒,得疾卒",终年七十一岁。崇祯即位,追赠太子太保、光禄大夫,谥"恭定",差官造坟,葬于故里冯家村东。

冯从吾上承北宋程朱理学,后世称"关中自杨伯起、张横渠、吕泾野先生后唯少墟先生一人",被推为宋明理学之集大成者。传世有《冯少墟集》《关学编》《疑思录》《辩学录》《善利图说》等主要著作。冯从吾和关学,在中国哲学及思想史上有相当重要的学术价值和历史地位。

我对理学和关学毫无所知,所以不敢妄加评测。但就冯先生其人,乃明朝儒生,沉浮几多,但终不失秦人的脾性——耿直、不媚、正言、明理;冯先生其事,习孔孟,教弟子,独立乱世,不畏阉党。其人其事为关中之楷模,开关中教习之先河。

冯先生创设之关中书院,自明清以来,居陕甘四大书院之首,承宋元遗风,以讲求理性之学为宗,大体沿用南宋白鹿书院之体例。书院建立不久,即在北方享有盛名,有"南东吴、北关中""讲坛之盛,旷绝古今"之美誉,冯从吾更被誉为"关西夫子""理学大师"。关中书院自明清及民国直至今天,均为陕西教育活动之所在,名师高徒,代有传人,可谓人杰地灵,为陕西的文化教育贡献良多。

冯先生的墓距离我的居所不远,在交通医院家属院草坪一隅,有碑,无封土,即使在该院子居住多年的居民也不一定知其名。起初我见此碑,不解家属院为何有墓碑?此碑立于1989年,为文物园林局所立,才知此非"违章建筑"。仔细一看,冯先生的大名映入眼帘,才知此处本是冯先生墓地。冯先生原来离我们很近,只是历史淹没了冯先生仅存的一点具象的印记罢了。

抗战期间,张学良率东北军驻陕,将东北大学迁至西安,拟在今太白路一带选址,最初规划在太白路以西,正好将冯公墓园纳入其内。冯氏后人将冯从吾著作呈与少帅,张学良阅毕,遂令更改规划,将校址迁至太白路以东,乃形成西北大学今日之格局。

民国二十四年(1935年)间裕秦纱厂老板欲建工厂,范围也包含冯从吾墓,冯氏后人无奈之下,如法炮制,复将冯公著作呈上,没想到第二天,该老板亲赴冯公墓,上香拜谒,并与冯氏后人合影留念,工厂另行迁建于今丰庆路玻璃厂原址。

后因交通医院征地,冯先生墓封土被平,独留碑于草坪一隅。现在,原冯先生墓前的翁仲石刻已经被移放到西安文理学院校园内永久保存。

如今孩子们在墓碑旁嬉戏,老人们在墓碑旁散步,冯先生已经化成了一座碑,历风雨,见斑驳,归尘土,即使没有了后人的悼念,冯先生依旧是丰碑一座。

智慧、善良、胸怀
——写在教师节

今年教师节前夕,我看望了几位恩师,又与自己的几个研究生畅谈了几个小时。

为师者,传道、授业、解惑。从字面上看,老师与学生界限分明,互不反馈。我既是学生又是老师,与学生相处多是解惑,解人生之惑,解青春之惑,解学业之惑,未到传道、授业的境界。设身处地,彼时我为学生,也曾迷茫、困顿、蒙昧、无知。每次聆听老师的箴言,也总是似懂非懂,愚钝冥顽,不得要领。现在我竟能坐下来与自己的学生平心静气地谈自己的历程,谈人生的感悟,谈未来的规划。再静静听一下学生们的设想与思索,我劝勉他们"行万里路,读万卷书",其实也是对自己的一种勉励。

见到自己的老师,虽没有往时的紧张、惶恐,但心里还是充满了膜拜和感激。老师很是亲切,只是鬓角的白发多了,额头也出现了一缕一缕的白发。与老师谈谈自己的工作,谈谈自己对未来的看法,听听老师的教诲。

"智慧、善良、胸怀",一位恩师再次教诲。尽管在不同的场合也曾听说过这句话,然而今天这句话却触动了我心灵中最柔软的部分。我紧张了好多天,终于释然了。

智慧取决于天分和勤奋。即使天分稍逊的人,通过后天的奋发或许也能成为智者。智慧是感悟的基础,是通向心灵之路的列车。不过智慧并非关键要素。

善良,不难却也不简单。对万事万物怀有仁爱之心,不贪念,不失正义。于友真诚,于敌宽怀;于亲孝养,于子慈爱;于邻和睦,于里相让,此之谓善。善良无需做作,无需禁锢本性,人之初,性本善,人性使然。有善之处必有笑声,有善之处必得欢喜。

胸怀,是一种修养。山之高,高不过理想;海之阔,阔不及人之胸怀。有大肚乃容世间事,有胸怀可纳四方贤士、八方声音。容不及己者,容贤于己者,异见者与敌对者亦能容之,不怒,不骂;不哭,不笑。静默,坦然,淡定。

智慧是一种积累,学知而得识,聚智则持慧;善良是一种本性,后天不断修行,即可维护之,不致迷失;胸怀是一种境界,包容人之错、己之过,笑对之。智慧是道路,善良是本钱,胸怀是目标。

每念及"智慧、善良、胸怀",心中便升腾起一股敏睿之气,定而慧之。

这就是我的收获。

感谢对手

国人对奥运金牌的追捧近乎到了痴迷的程度,不淡然,也无法淡然。赢了固然高兴,输了也未必伤悲。大喜大悲就在一瞬之间,成熟了就淡定,自若就不苦痛。

赛场是竞技场,自然会有竞争、会有你来我往的争夺,但竞技场不是战场,不是同情与怜悯的盛产地,不是责备与懊恼的忏悔地。

看林丹与李宗伟的比赛,激烈而又充满悬念,双方都在尽力防守对方的进攻,而又尽量不给对方留出进攻的缺口。一个个回合大家都认真完成。即使失误了,被对方得分,也没有过多的停歇,继续下一个城池的争夺。脸上平和,脚下迅捷,一切都似乎波澜不惊。

赛后林丹接受采访时更是大气——"伟大的对手""抛开比赛,成为真正的朋友",这些都已经抛开了国人的比赛情结、金牌情结。我查看了一下林丹与李宗伟的比赛记录,互有输赢。高手对决,差之毫厘。愈是接近,愈是相为敬佩,愈是惺惺相惜。

李宗伟之于林丹,是宿命使然。古人常说"既生瑜,何生亮""胜者王,败者寇"。抛开瑜亮之争、王寇之论,我们收获了一场大饱眼福的精彩比赛,收获了两位令人尊重的羽坛英雄。

倘若林丹输了比赛,国人将作何评价?我们不得而知。李宗伟和林丹从2004年雅典奥运会就一直是死对头,八年过去了,他俩仍然站在决赛场上,这本身就是一个奇迹。我们无法预测林丹将成为"世界羽坛第一人",但也不能无知到"我一点也看不出李宗伟的脚伤",这样的记者,拥有的无非就是落井下石的快感。

作为一场比赛它的功用已经达到了顶峰,狭隘和偏见于胜负已定的瞬间消失,然而留给羽毛球迷的财富确实丰盛。

人生何尝不是赛场,不仅要有教练的教导与训练、观众的鼓掌与呐喊,更重要的是要有强大的、令人敬畏的对手。感谢对手、感谢挫折、感谢炼狱。感谢对手,让我们成长、成熟、强大;感谢对手,让我们不再寂寞、迷茫、自恋;感谢对手,让我们起伏、忐忑、焦虑;感谢对手,让我们精彩、精致、敬畏。

寂寞之于生命

今天小小的麦城下起了细雨,有点凉,但不冷。不知道雪是否成为记忆,冬天是否成为过去,很多事情我们都无法预知是过去还是未来,或许是永久。

昨天 X 君说我是敏感的(Sensitive)。我不知道对于男人来说敏感是好是坏,但有一点是肯定的,天气对我很重要,煦风暖日的天气,我是静不下心来的,总想着晒晒太阳、吹吹风;阴雨的日子我却向往着待在屋角,透过窗户,看着行人来来往往;只有在天气平常的日子,我才心甘情愿地安心工作。

余秋雨称生命为苦旅。人生有如过客,来了又走了。有人可能会和你迎面擦肩而过,你看清了他的脸庞,却没有机会和他说一句话;有人会陪你走一段,遇到了岔路口,大家分开了;有人会一直陪在你的左右,你却没有发现,直到有一天下雨了,一把雨伞毫不迟疑地挡住你头顶的那片天,你才意识到他就在你的左右;有人和你分开了,也许大家都没有想到过再见面,却在下一个路口重逢了;有人和你一起相依走过了冬天,到了春天却走散了。大多数人都是见了就忘了,即使天天在公交车上、电梯里见面,但始终没有进入彼此的视野;有些人见了一面只有几分钟却铭记在心了。

寂寞是一剂药,味道有点苦。智者大家都是喜欢寂寞的,或者是享受着寂寞。寂寞中我们才有闲暇审视自己,才能摆脱繁杂的搅扰。但是寂寞不是任何人都愿意消费并能享受得起的。寂寞是需要空间和时间的,自由空间和时间才是孤独的天堂,任你的思想飞舞,任你的意念飞扬,任你的思绪纷乱!

寂寞过才领悟到生命的灿烂,寂寞过才体会到自身的渺小,寂寞过才发现那一剂药的功效。

　　Z君推荐《海角七号》的电影及其主题曲《国境之南》，很感人的电影。过去和正在进行的恋情，两首风格迥异的歌曲，推销酒的马拉桑，倔强执着的老大爷，短短的台词"留下来或者我跟你走"都构成了感人的元素。

　　和W君聊起绿茶和咖啡，他以前喜欢喝咖啡，觉得那种黑色的液体里有一种诡异的沉寂，喝下它便觉得在涩涩的苦香里，飞快消瘦的除了身体还有爱情。而酒呢，现代人离不开酒文化，但对于他来说酒不是个好东西，容易醉。现在，他只喝茶，很清淡的那种。

　　寂寞过，生命便少了份缺憾！

食物、色彩、信息及其他

每一天我们的生活中总有许多看似无关,甚至风马牛不相及的事情有意或无意地发生着,琐碎、杂乱,似乎没有什么意义,然而这就是生活。

(一)食物与信息

看过 TED(Technology,Entertainment,Design)的一个视频,JP Rangaswami 分享了他在食物与信息领域的研究,我也把它作为素材讲给了学生。

食物是我们人类以及整个动物界赖以生存的物质基础。自从人类诞生以来,我们就对食物的生产、收集、捕捉、分配、加工、存储、烹饪等等环节进行了不断的革新,从素食到肉食,从生食到熟食,从转基因到原生态,我们对食物的数量已经不会过多关注了,我们对食物越来越达到挑剔的境界:不用担心食物的获取,不用担心食物的能量,更加关注食物的安全以及食物的口感和食物的外在属性,比如,厨师和餐馆的环境。

信息是我们人类赖以生存的另外一种基础。为了食物的生产与加工,于是有了祭祀、节气和铁犁;为了食物的争夺与保卫,于是有了战争;为了食物的生产、分配,于是有了氏族和国家。而当食物逐渐失去了其重要地位的时候,信息逐渐占领了统治地位。信息的生产、收集、捕捉、分配、加工、存储、呈现等等环节也无时不在进行着革新。从计算机到个人终端,从单机到网络,从书本到自媒体,从本地计算到云桌面,从简单分析到大数据挖掘,从量子计算到人工智能,人类越来越离不开信息的滋养。

没有人怀疑信息的威力。但问题来了,当食物的摄取量大于机体所需的能量时,于是有了胖子、啤酒肚、肥胖症,也有了减肥药、减肥按摩和减肥手术;而当信息的摄入量大于机体所需量时,于是有了网瘾、手机控和信息肥胖症。

我们一直强调信息的大量摄取,来源于电视、网络、手机、书籍、杂志、报刊、社交,却没有人去重视信息减肥。

对于一杯蔬菜羹,重要的不是厨师,而是原材料的正宗;对于一杯咖啡,重要的不是咖啡本身,而是咖啡表面的图案和背景音乐;对于一桌大餐,重要的不是菜品的数量,而是和谁就餐。有限的、优质的、美味的信息已经成为了一种刻不容缓的需求,会不会有专门的机构从事信息的烹饪,从而使得信息变得更加清晰和简单,这将是一个大趋势和大产业。从信息爆炸时代到信息减肥时代的转变也是指日可待了。

吃饱了,撑吗？无论食物还是信息。

(二)色彩与贫民窟

两个来自荷兰的街头文艺青年,一个叫 Dre Urhahn,另一个叫 Jeroen Koolhaas。本来两个人的日子过得挺滋润,不缺吃不愁穿,没事就画个画,参加个酒会,约个妹子聊聊人生什么的。但没过多久,他们就变成贫民窟的艺术民工了。

巴西里约热内卢的贫民区是大多数人都会避开的地方,这是一个会让人联想到落后、脏臭以及犯罪等一连串贬义词的地区。这里的贩毒团伙势力日渐壮大,让人们唯恐避之不及。但是,Jeroen Koolhaas 和 Dre Urhahn 来到里约的贫民区,尝试用鲜艳的颜色和明亮的色调,将这个世界上最危险的地方改造成一个现实生活中该有的居住地。

"视觉食粮也就是精神食粮。"他们的"贫民窟绘画项目"在 Santa Marta(巴西最贫穷的贫民区之一)地区的街道以及房屋表面画下了五颜六色的壁画,这为整个片区带来了生机。这些壁画散发着积极的能量,使得 Santa Marta 变成了某种地标,其壁画的色彩在世界各地都能看得到。后来他们还改造了美国费城的一处贫民窟,也取得了巨大的成功。

如果单纯从城市美化角度考量,旧城区改造无须圈上一个个的"拆"字,而只需涂上一层艳丽的颜料即可。亮丽的色彩,照亮了每个人心底的灰暗,让这些处于底层的人们也因此获得了一点尊严。后来这些色彩纷呈的社区的治安大大改善,社区也都成了观光者的圣地,当地人也逐渐富裕了。

对于穷人,也许我们给不了面包,却可以给予灿烂的阳光和亮丽的色彩;对于历史,也许我们不能拆除陈旧,却可以让历史更加生动;对于尊严,也许我们不能让它闪耀,却可以尊重它。

谁说色彩就一定没有面包重要?

(三)大冰与信仰

前几天朋友送了我一本新书《阿弥陀佛么么哒》,起初以为是哪位名人写的用来糊墙或者为村口厕所供纸的,书名怪怪的,封面怪怪的,连作者的简介也都是怪怪的。"大冰,主持人/作家/民谣歌手/老背包客/不敬业的酒吧掌柜/油画科班/手鼓艺人/业余皮匠/业余诗人/西藏控/资深丽江混混/重症失眠患者/禅宗临济弟子。"看着这个介绍,以为是卖狗皮膏药的。

十二个故事,十二个人物(连同成了精的大黑天),都是生活在阳光下的普通人,都是还有些许梦想色彩的老百姓,都是些有故事的人。

"没有任何一种生活方式是天然带有原罪的。但任何一种长期单一模式的生活,都是在对自己犯罪。明知有多项选择的权利却不去主张,更是错上加错。"

书的形式是一大段质朴的文字,加上音视频的二维码,特别符合"互联网+"文学的调调。从文字上只能说作者的功力一般,但冲着那些活生生的人和带有活人温度的事,却不能不说这是一本不错的书,至少它没有说假话,至少它带了些许的思考,至少它在讲述凡人俗世,至少它从狭缝漏射出人性的光芒。

我看书,一直都是囫囵吞枣,最终还是记住了几个词语:平视、族人和王八蛋。

平视是一种态度,允许评价,允许有争议,但必须是在平视的目光下,每个人都有自己的角度,当大家都平视了,才有平和。

族人,好多年都没有听到这么带劲的词语。你是我的族人!多么荡气回肠,多么具有历史意义。我和你是族人,尽管我们没有相近的血脉,但在思想上我们却是如此接近。

每个人都有自己的"王八蛋"朋友,尽管我们总是被他折磨得不像样,尽管我们总是骂他数落他,尽管我们总是觉得他不靠谱,但我们还是愿意和他喝酒和他骂娘和他一起疯,这也许就是"他娘的""王八蛋"朋友,谁没有几个这样的朋友呢?

"有人说文化可以用四句话表达:根植于内心的修养,无须提醒的自觉,以约束为前提的自由,为他人着想的善良。"

"他们各自修行在自己的江湖里,从容生长着。"

有些书就是一杯蔬菜羹,重要的不是厨师,而是原材料的正宗与天然。

阿弥陀佛么么哒!

一盏温暖的灯

记得少年时代学过冰心先生的《小橘灯》,小橘灯带给大家的不仅是黑暗中一束透亮的光,更是乐观、细致、坚持、不放弃的徽征。一个八九岁的小姑娘,她对生活的坚信成了大人们人生历程中的一盏小橘灯,虽然灯光朦胧,但却如此安暖和坚定。

(一)使命是灯

前几天陪同老师看望《大秦帝国》的作者孙老师。孙老师以前是西北大学法律系教授,后出于对中国原生文明和秦文化的使命感,于1998年春移居海南,在海口一个僻静的小区静心研究一直关注的秦文化。正是大秦帝国的历史精神这盏明灯,引导孙老师倾注了他最有价值的全部盛年时光去表现它。待到洋洋503万言的《大秦帝国》完工时,孙老师的满头黑发已经灰白。

孙老师很健谈,从当今的依法治国谈到了秦帝国的法制精神,思路清晰,高屋建瓴。不知不觉谈话已有一个多小时。辞别孙老师,在路上孙老师的学生(也已是著名教授了)评价孙老师是人生路上"一盏温暖的灯"。

作为老秦后裔,使命是灯,黑发变成了白发;作为后学,先生是灯,薪火一脉相承。

(二)信仰是灯

今天我放下手中所有的活
也放下心中所有的事儿
来到你的门前
专为等候你

我总是向你祈求的太多
今天我不为任何人
也不为任何事
我唯有来到你的门前等候你
只为见到你的面

我知道你爱我很深很深
我也知道你等我回来
等了很久
为了我
你已经死过
可是 我说我没有看见
我不太明白

今天
我的心疲乏
如同干旱无水的河床
我想起来了
你是爱是烈火是生命
我的心顿时非常地想你
切慕你

我放下所有的事
来到你的门框旁
专为寻求你的面

我想和你一起爬那弯曲的山路

我知道有你在我的身边
你永远不会让我跌下去
我在你的平安里

今天我来到你的门前
专心等候你
等候你将门打开
我们坐在门前的树荫下
讲那长长绵绵的话语

我想用一生告诉你
我愿意天天等候你
天天在满足的喜乐里
等候你的工作
等候看见你的能力和荣耀
……

后来与一位仁兄出差,此兄精习佛学。期间说到人性,其实放下自私自利,放下占有和控制,放下冷漠和偏见,大家都可以是灯,是别人的灯,也是自己的灯,一盏温暖的灯。

(三)归乡是灯

记得以前参观都柏林的爱尔兰总统府时,导游曾讲到在总统府二楼窗边有一盏明亮的灯,这盏灯从1990年到现在都不曾熄灭。

当时是下午,日光明媚,灯光显得非常微弱,如果没有人提醒,我们不会注意到;即使注意到,也会以为那是哪位粗心的人忘记了关灯。

总统府是一间白色的洋楼,位于凤凰公园的一角。凤凰公园原为当时的总督奥蒙德公爵于1663年所建的鹿园,历经几个世纪的变迁,仍保持着 17 世纪鹿园的特点。听说在 19 世纪,作为爱尔兰主要农作物的土豆发生了病害,出现了土豆大饥荒,短短几年间 100 多万人非正常死亡,150 万人逃难异乡。为了唤回"流落异乡的爱尔兰游子",当时的爱尔兰总统 Mary Robinson 就在她办公室的窗边点了一盏灯,希望能照亮游子归乡的路。

总统府不远处是高达 60 米的威灵顿纪念碑,相比于那场滑铁卢大战中大败拿破仑的爱尔兰将军,那盏灯更加温暖和人性,更加光芒四射。

第三篇 扫描

那年，那月，那人
——殉道

民国从1911年到1949年只有短短的38年，却有着太多的故事。文明与封建、西化与坚守、白话与古文、战乱与和平的争斗尽数上演，这段纷乱繁杂的历史仿佛是一台大戏，各式的名人纷纷登场，或生或旦，热闹的背后让人深思：这到底是一个什么样的时代？

记得狄更斯在《双城记》中说：这是最好的时代，也是最坏的时代；这是睿智的时代，也是蒙昧的时代；这是笃信的时代，也是质疑的时代；这是光明的季节，也是黑暗的季节；这是希望之春，也是失望之冬……用这样的语言去描述民国时期是再也恰当不过的。

但凡国家这种组织处于混乱的时代，民众的思想却是最自由的时代，权力的争夺者忙于政治的争夺，无暇去关注那些自由的嘴巴，所以思想是自由的。比如春秋战国，比如五代十国，再比如这个离我们最近的民国。当作为笼子的组织还尚未发育健全的时候，笼子里的每一只鸟都有鸣叫的自由和权利，也许它们吃不饱；每一只鸟都有飞出笼子的可能，尽管只有少数的鸟儿可以，但它们时不时会尝试着飞越不同的棘藩！当组织的架构越齐整，笼子的规矩越严密，笼子里工业化的鸟貌似幸福，实际上它们只有有限种类的食料，只能复读着几首同样的曲子。

辜鸿铭曾说：要估计一种文明，必须看它"能够生产什么样子的人，什么样的男人和女人"。2005年温家宝总理在看望钱学森的时候，钱老感慨地说："这么多年培养的学生，还没有哪一个的学术成就能够跟民国时期培养的大师相比。"钱老又发问："为什么我们的学校总是培养不出杰出的人才？"

吴宓曾说："中国人今所最缺乏者，为宗教之精神与道德之意志，而欲救中国，舍此莫能为功。"这样的结论放在今日之中国，似乎还是适用的。

也许我们无法复原那个时代的思想，但是我们却可以通过那个时代的几个人几件事来追寻那个时代的一些气味和印记。

民国的陕西名人不少，但是说起民国的陕西文人，不得不提吴宓。他是陕西性格的代表：生、冷、蹭、倔。吴宓1894年生于陕西泾阳的一户富庶之家，1978年在陕西泾阳的一家医院中黯然离开人世，来时空空如也，去时亦是空空如也。

吴宓童年时受教于三原宏道书院，而后考入清华学堂，毕业后赴美进入弗吉尼亚大学，后转入哈佛大学，师从白璧德。回国后先后任教于东南大学、清华大学、西南联大，以及北碚勉仁文学院、四川教育学院和西南师范学院。

吴宓一生最为自豪和最为人所熟知的便是筹办清华国学研究院，聘请了梁、王、赵、陈等四位导师。吴宓一生推崇孔子，推举古典主义，抨击新体自由诗，这与五四运动后提倡的新文化运动背道而驰，被鲁迅戏谑称为"现代中国的孔夫子"。季羡林说他：言行一致，表里如一。所以他写古文，写旧体诗，写字从不写简体字，字体总是正楷。"雨僧先生在旧社会是一个不同流合污、特立独行的奇人，是一个真正的人。"

他主张"只有找出中华民族文化传统中普遍有效和亘古长存的东西，才能重建我们民族的自尊""今欲造成中国之新文化，自当兼取中西文明之精华而熔铸之，贯通之"。

吴宓的弟子钱钟书对老师的行事风格不以为然，认为吴诗中"太多自己"，甚至"偶尔当众外扬家丑"，即便这样吴宓还是对钱钟书关注有加。吴宓晚景凄凉，即便如此他一贯性情从未改变。1961年他在日记中写道："吾辈本此信仰，故虽危行言殆，但屹立不动，绝不从时俗为转移。"

1939年的一次演讲中他把自己的人生观总结为：殉道，殉情。哪怕后来膑足目盲之后，他依然下定决心为中华文化殉道，为中华传统道德殉难！

吴宓自己写道"书生行事痴愚甚，名德空惭，欢爱终悭"，这就是他的写照，也是许多民国风骨的写照。

那年，那月，那人
——疾恶

如果给刘文典画个素描像，你一定非常惊讶：孙中山秘书，27岁任北大教授，38岁担任安徽大学校长之职，39岁骂蒋介石"新军阀"被羁押，后清华执教，兼任北大教授。西南联大之后留云南大学。

刘文典1889年生于安徽一个商人家庭，童年受教于教会学校，后入安徽公学，师从陈独秀、刘师培，并加入同盟会。1909年随师东渡日本，入东京高等学校，师从章太炎。辛亥革命后返国在上海与于右任、宋教仁成为同事。1913年宋教仁遭刺，刘文典亦手臂中弹，遂亡命日本，期间担任孙中山的秘书。1916年袁世凯一命呜呼，迅速回国的刘文典此时仍然看到的却是军阀混战、饿殍遍野，于是他弃政从文，从此走上了研究学问的漫漫道路。

1923年，刘文典的第一本著作《淮南鸿烈集解》出版，受到好评和重视，确立了他的学术地位。胡适为此书作序，序言使用半文言文的式样，由此还引起了不大不小的风波。

1928年安徽大学因故学生闹事，刚到安徽的蒋介石听到此事十分恼怒，立即召见时任安徽大学校长的刘文典，于是有了前文的怒斥蒋"新军阀"的故事，蒋当时火气冲天，大声喊道："看我能不能枪毙你！"于是刘文典被关进了省政府的"后乐轩"。为此，胡适撰文《人权与约法》，蔡元培致电当局，于是刘文典在被羁押七天后释放，但是要求他必须立即离开安徽。老师章太炎听说此事，抱病撰联一副赠之：养生未羡嵇中散，疾恶真推祢（音迷）正平。刘文典因此事名噪一时，是为文人之铮铮风骨。

西南联大期间，"物质生活不得了，精神生活了不得"，刘文典经过多年研究终于完成《庄子补正》一书。该书立论严谨，为他赢得了学术美誉,陈寅恪为之作序。刘文典认为国难当头"我们应该加倍地努力,研究国学……因为一个人对于固有的文化涵濡不深,必不能有很强的爱国心。不能发生伟大文学的国家,必不能卓然自立于世界"。

刘先生放言"普天下真正懂庄子的只有两个半人",真是恃才傲物!刘先生也曾认为沈从文是"四毛钱教授",认为陈寅恪该拿四百块钱,自己该拿四十块钱,朱自清该拿四块钱,"可我不给沈从文四毛钱"。

刘文典在西南联大曾有绰号"二云居士","二云"即云南火腿和云南烟土,这也成了刘离开西南联大的原因。

1949年刘文典放弃胡适的赴美安排,后留任云南大学。1958年7月在日复一日、无休无止的批判下,刘文典抱病而逝。刘文典和吴宓一样,晚年即使留在边陲之地,也未能逃避文人最不擅长的政治运动。

"人类一思考上帝就发笑",人大多是聪明的,也很难不使自己使用自己的聪明。因为聪明看透一切,所以选择坚守,因为名节和骨气是文人的一切;因为聪明懂得保护自己,所以选择屈服和卑贱,因为毫无意义的死和屈辱的活同样让人痛苦。

那年，那月，那人
——不朽

所谓"不朽"，源于道家哲学思想，意指永不磨灭。然不朽之事难之又难，何能不朽？《左传·襄公二十四年》谓："豹闻之，'太上有立德，其次有立功，其次有立言'，虽久不废，此之谓三不朽。"民国时期的胡适先生曾将"三不朽"称为"三W主义"，即指英文"Worth""Work""Words"，这三个词的涵义与"立德、立功、立言"相近。集团之企业文化"融德立人、融资立责、融智立业"，似乎也是从人之不朽、责之不朽、业之不朽而言的。

（一）胡适的母亲和胡适的朋友

记得农村老人去世后撰写祭文或者碑文时，总想留下一些不朽的东西，平凡农人何有惊天之功，普通村野何有著述之才，于是从德入手，无非是明礼数，睦亲友，敬乡邻，教子女，慎言行，宽处世，诚待人。但大多数人能教子奉亲已经实属不易，况且家庭之氛围，家风之传承早已铭刻于血脉中，即便"小我"灰飞烟灭，但"大我"却会长久留存，永世不朽。

胡适在他母亲逝世后，也在探索事物之不朽。"我检阅我已死的母亲的生平，我追忆我父亲个人对她毕生左右的力量，及其对我本身垂久的影响，我遂诚信一切事物都是不朽的。"17岁的少女嫁给47岁的丈夫，23岁就成了寡妇，这样一个传奇般的爱情故事无疑就是不朽的。

胡适在纪念好友徐志摩时，绝不信"这样一个可爱的人会死得这么残酷"，死在天空中，大雨淋着，大雾罩着，大火烧着，撞不倒的山瞧着，也许那样的死法只有志摩这样"不朽"的人物才最配。"悄悄的我走了/正如我悄悄的来/我挥一挥衣袖/不带走一片云彩"，这样的走，也绝非悄悄的走；这世界里也被他带走了不少可爱的云彩。即使在近百年之后的今日，我们也绝不会相信这样一位终生追求"爱、自由和美"的"单纯信仰"的学者会远离我们。他是在我们中间"不朽"着。

"真生命必自奋斗自求得来,真幸福亦必自奋斗自求得来,真恋爱亦必自奋斗自求得来!"徐志摩之于张幼仪、林徽因、陆小曼,都是在追求"梦想的神圣境界",尽管家庭、社会、师友都不能谅解。然而,不能因为他的简单、单纯,上帝就会对他网开一面。偌大一个世界中"只有他有这信心,冒了绝大的危险,费了无数的麻烦,牺牲了一切平凡安逸,牺牲了家庭的亲谊和人间的名誉,去追求,去实验",而终于免不了残酷的失败。他的失败源于他的信仰太单纯,源于现实世界太复杂。

记得前几年曾在剑桥大学寻访那著名的"康桥",到底剑河上哪一座桥是徐志摩的呢?是数学桥还是叹息桥?寻找徐志摩的"康桥"不仅成了一个有趣话题,更成了游剑桥的一个经典。穿梭在剑河上那一座座充满灵性的桥间,看看哪座桥边"垂着河畔的金柳",又看看哪片水域里"软泥上的青苔,在水底招摇",桥持久永恒地静立在剑河上,没有人怀疑它的不朽,而考究哪一座才是真正的"康桥"也早就不重要了。

(二)恩师的父亲

恩师的父亲去世的时候,已经年近九旬。前一日,还在和老伴吃水盆羊肉、打小麻将。翌日晨,老人便于睡梦中驾鹤西去,无疾无痛,慈祥离世。前去探望的亲友众多,于是我留下帮忙招呼,在丹凤夜宿一晚,草成小诗一首:

夜宿丹凤有感

丹水凤山夜,半池荷花残。

灯尽山路险,人去晓风寒。

半日行将暮,一年来复还。

老者驾鹤去,千古亦无烦。

那年，那月，那人
——极端

民国的才女中有张爱玲、陆小曼、潘玉良和林徽因，张爱玲过于悲凉阴柔，无论是其人还是其文；陆小曼更多是长于交际，挥金如土；潘玉良出身贫苦，长于绘画，终于异国；林徽因出身名门，读过经书、学过绘画、精于建筑、善于演讲、长于诗文，有过三个男人的爱慕，但终究对于思成从一而终。

了解林徽因，不是通过书籍，而是通过纪录片《梁思成林徽因》。其中看到了一个短语"极端的幸福"，突然觉得这个短语是多么耀眼，多么灵光乍现，多么匹配于这对夫妻，多么适宜于那个时代和那个时代里的那些人，以至于我重新翻阅了这部纪录片的解说词才又找到它。

说起林徽因，不得不提到的几个人有开明的父亲林长民，事业和生活的伴侣梁思成，曾经的恋人徐志摩，长久的邻居金岳霖。不了解林先生的人总喜欢凭借从地摊上看来的绯闻来津津乐道地谈论，"不了解一个人，攻击他的道德总是没有错的！"

（一）林徽因与父亲

林徽因的才情、禀赋乃至个性，在一定程度上都来自于父亲林长民。林长民早年赴日留学学习研究政治、经济。后任政府要员。1919 年 5 月 2 日林长民在《晨报》发表《外交警报敬告国民》，此不足三百字的新闻，成为"火烧赵家楼"的真正点火人。1920 年林长民官场失意后，带女儿林徽因远赴欧洲。

16 岁的林徽因随父旅欧一年多，成了父亲林长民的随行翻译和秘书。"我此次远游携汝同行，第一要汝多观察诸国事务增长见识；第二要汝近我身边能领悟我的胸次怀抱;第三要汝暂时离去家庭繁琐生活,俾得扩大眼光,养成将来改良社会的见解与能力。"也许正是这样的阅历才造就了多才的林徽因。后来在父辈的安排下,林梁于 1924 年双双赴美学习,而梁思成最终选定建筑学专业,还深受林徽因的影响。1925 年,林长民参与郭松龄、张作霖之战,遇难于乱军之中。林徽因因学业无法回国为父送行。

在几年前随父旅欧的过程中,林徽因已经先期爱上了建筑这个能够将艺术和技术如此完美结合的专业。但阴差阳错,林徽因终究没有能学习建筑学专业,尽管她选修了建筑学课程,并成为宾大建筑系的助教,尽管她日后被清华大学聘为一级教授,参与了国徽、人民英雄纪念碑的设计,但这仍然是很多人诋毁她在建筑史学方面缺乏成就的很大原因。

(二)林徽因与徐志摩

林梁毕业后前往欧洲短期旅行,1928 年回国后双双赴东北大学建筑系任教。东大的工作紧张而快乐,但寒冷的气候使林徽因肺病发作。1930 年冬天,她辞去东北大学的工作,带着刚刚 1 岁的女儿回到北平,在香山一带静养。1931 年夏天,在东北工作三年后,梁思成离开东大建筑系,合家迁往北平。1931 年 11 月 19 日已定居上海的徐志摩搭乘南京飞北京的飞机,结果飞机因大雾在山东上空坠山撞毁,至此一段缘分就此消失在漫漫的历史长河中。

其实徐志摩和林徽因早在 1920 年秋天浪漫的康桥边上就已经认识,年仅 16 岁的林徽因深深地被时年 24 岁徐志摩清瘦飘逸的外貌、迷离的目光、忧郁的浅笑以及才华横溢的诗情与才情吸引着。林长民不无骄傲地对徐志摩说:"做一个天才女儿的父亲,不是容易享的福,你得放低你天伦的辈分,先求做到友谊的了解。"

但 1921 年 10 月父亲林长民悄悄把刚读完中学的林徽因带回国了。1922 年 10 月徐带着离婚书回国,却听到了林徽因已经许配给梁思成的消息。即便面对恩师梁启超掷地有声的醒世良言,徐志摩也并不买账:我将于茫茫人海中访我唯一灵魂之伴侣,得之,我幸;不得,我命。随后1924年,林徽因和梁思成一起留学美国。1926年徐志摩在北京与陆小曼结婚。

  林徽因最终没有选择徐志摩也许是上天注定的,也许是命运的选择。一边是才情满身但已经娶妻生子的人,而且在妻子怀孕期间离婚;另外一边是虽有些木讷但不失爱慕呵护与信任的人,而且双方家人撮合,以及林父死后梁家无微不至的关照。所以即便就是今天几乎所有的女性也都会选择后者,何况是民国。1928年春林徽因、梁思成在美国举行了婚礼。多年以后,林徽因也曾对自己的儿女说:"徐志摩当初爱的并不是真正的我,而是他用诗人的浪漫情绪想象出来的林徽因,而事实上我并不是那样的人。"徐志摩对于现实中张幼仪的不满意、对于现实中陆小曼的不满意,都源于单纯的理想主义,这也恰恰是林徽因最终没有选择徐志摩的原因,也是徐志摩婚后仍对林徽因念念不忘的缘由!

(三)林徽因与金岳霖

  随着徐志摩的离世,林逐渐远离感情的纠葛,即使是后来的金岳霖也只是欣赏而已。网络传说的林金之间的恋情,个人认为是子虚乌有,且不说时间和空间上谬误,单从金岳霖晚年一直和梁林之子梁从诫住在一起,梁从诫称其为金爸,并为其奉老送终一事就足以证明。其子坦荡清白如此,旁人心里的龌龊只能用苏轼和佛印的典故来回应了:心中有佛,所见即佛;心中有屎,所见即屎。倘若有出轨之事,梁思成可以大度处之,其子难道也可以不理不顾?

(四)林徽因与梁思成

  林徽因和梁思成是门当户对的,也是父母满意的,尽管中间出现过一些插曲,但我们局外人无法评判。林徽因与梁思成的融合,不仅是学业、婚姻的融合,还有事业的融合。因为共同求学、共同坦诚、共同承担,她已经将自己和梁思成、和中国的建筑教育、中国的建筑史研究融为一体,即便是在诗歌、散文、绘画、文艺评论上也独有建树，即便是作为美丽与哀愁爱情故事的女主角，也丝毫遮蔽不了她的建筑才华和民族骨气。

很难想象作为文化沙龙女主人高谈阔论的她，竟和营造学社的同仁们骑骡子、住鸡毛小店，颠簸在穷乡僻壤、荒山野岭间，忍受着鸟粪和跳蚤。一旦走出"太太的客厅"，离开典雅的艺术沙龙，林徽因更是一位严谨求实的科学工作者。从1930年到1945年，她与梁思成共同走了中国的十五个省，两百多个县，考察测绘了两百多处古建筑物，获得了许多远溯唐宋的发现。很多古建筑就是通过他们的考察得到了世人的认识并被加以保护，比如河北赵州石桥、山西的应县木塔、五台山佛光寺等。

在与梁思成的"合作"中，林不仅是家庭事务的主导者，也是梁的秘书和助手，更是梁学术上灵感的源泉，甚至梁在学术上有些"自卑"，文字必须经过林的修饰和总结，甚至有些场合林代表梁去演讲。按费慰梅的理解，他们二人正是因为如此而应该有极佳的配合，并在宾大的就学期间就已经反映出来："在大学生时代，他们性格上的差异就在工作作风上表现出来。满脑子创造性的徽因常常先画出一张草图或建筑图样。随着工作的进展，就会提出并采纳各种修正或改进的建议，它们自己又由于更好的意见的提出而被丢弃。当交图的最后限期快到的时候，就是在画图板前加班加点拼命赶工也交不上所要求的齐齐整整的设计图定稿了。这时候思成就参加进来，以他那准确和漂亮的绘图功夫，把那乱七八糟的草图变成一张清楚整齐能够交卷的成品。他们的这种合作，每个人都向建筑事业贡献出他的（或她的）特殊天赋，在他们今后共同的专业生涯中一直坚持着。"

这样的合作关系确实是太美妙了。正如阿尔瓦·阿尔托所认为的，诗意与匠意皆备才是好的建筑师。然而，在建筑师工作的高级阶段，尤其是理论研究层面，才情应该是比匠意更重要的素质。正如作家卞之琳所感慨的，林徽因"是她的丈夫建筑学和中国建筑史名家梁思成的同行，表面上不过主要是后者的得力协作者，实际却是他灵感的源泉"。

梁思成晚年曾经向林洙透露过他自己对林徽因的才情的衷心赞许：

"林徽因是个很特别的人,她的才华是多方面的。不管是文学、艺术、建筑乃至哲学她都有很深的修养。她能作为一个严谨的科学工作者,和我一同到林野僻壤去调查古建筑,测量平面爬梁上柱,做精确的分析比较;又能和徐志摩一起,用英语探讨英国古典文学或我国新诗创作。她具有哲学家的思维和高度概括事物的能力。所以做她的丈夫很不容易。中国有句俗话'文章是自己的好,老婆是人家的好。'可是对我来说,老婆是自己的好,文章是老婆的好。我不否认和林徽因在一起有时很累,因为她的思想太活跃,和她在一起必须和她同样的反应敏捷才行,不然就跟不上她。"显然,梁思成正是经常浸没于林徽因的才情之中,并且更忠实地欣赏这种才气。

林徽因不仅有才气,更有着铮铮骨气。根据梁从诫回忆,梁林抗战迁居李庄的时候,他曾问过母亲,若日本人打过来了怎么办?林淡定地回应:门前不还有长江么。可见林徽因虽然披了西化的外衣,骨子里依然是自屈原以来不变的铮铮骨气。新中国成立后随着"破旧立新"之风愈演愈烈,古都北京成为了"社会主义大发展"的工地。一次出席文化部酒宴,她竟在大庭广众下谴责北京市副市长吴晗保城墙不力,痛心疾首地预言:等你们有朝一日认识到文物的价值,却只能悔之晚矣,造假古董罢。作为学者的正气显然而见。西安城墙得以保留,也间接得益于学者的伸张呼吁。

(五)林徽因与林徽因

在网上搜索林徽因的资料时,总有一大堆的歌颂,还有一大堆的谩骂。无论是歌颂的人还是谩骂的人,你们真的完全了解林徽因吗?无论任何人都无法站在当时的背景下、站在当事人的立场上还原一个立体的、准确的林徽因。斯人已逝。我们和她生活在不同的时代,我们对她的认知绝大多数都来源于二手资料,甚至是带有明显偏见的资料。那些回忆录、口述等,大抵都具有一定的主观色彩,没法实现对林公正客观的评价。同样,评述的各色人等与她生活在不同的圈层、不同时代,很难透过层层光环看清她真正的品性、她对于那几个男人的态度、她真正践行的是怎样的婚姻爱情观。林徽因心里,事业与爱情、与家庭孰轻孰重,林梁的婚姻里,理想与忠贞、与陪伴孰轻孰重,也许她自己都不明白,她只是做了她自己的抉择。

林徽因在给沈从文的信中说道:"我认为最愉快的事都是一闪亮的,在一段较短的时间内,迸出神奇的,如同两个人透彻的了解,一句话打到你心里,使得你理智和情感,全觉到一万万分满足。如同相爱,在一个时候里,你同你自身以外另一个人,互相以彼此存在为极端的幸福;如同恋爱,在那时那刻,眼所见、耳所听、心所触,无所不是美丽,情感如诗歌自然地流动,如花香那样不知其所以。"

无疑林徽因是极端幸福的。

人至中年,逐渐从林梁"神仙眷侣"般的爱情走出来,支持婚姻长久的并非只有卿卿我我,更重要的是一种深深植根于现实的、坚贞的、成分复杂的感情维系着一段婚姻和家庭。这种感情已经超越了简单的爱情,恐怕还有理想、信仰、气节和亲情。或许她就是一位有血有肉的普通凡人,只是让后人架在女神的位置上而已,但无论如何我们总还是可以通过那些诗文、那些绘画、那些戏剧、那些学术文字,还原一个有才情、感性温婉的女性。

她终于在1955年去了,被肺病折磨半生之后。她比梁思成幸运,她躲过了后来席卷全国的"史无前例",而且丈夫亲自为她设计了墓碑,好友金岳霖为她悉心料理后事。她的墓碑上这样写道:这里长眠着林徽因,她是建筑师、诗人和母亲。

你是一树一树的花开,是燕
在梁间呢喃,——你是爱,是暖,
是希望,你是人间的四月天!

那年，那月，那人
——不苟且

"苟且"，天生就和"认真"是反义词。"认真"，貌似等同于"不苟且"，然而"认真"则显得过于呆板、生硬，并非发自内心，"不苟且"，则更加生动、更加市井气、更加出自心灵自我深处。民国时期，思潮多样且平等激荡，所以各种思潮都自由地、认真地思索着，不会太多地苟且；人也是三六九等，各过各的日子，所以独立的人、认真的人，其日子也不会苟且地过。

李叔同生于1880年，他出身富裕之家，其父是银行家。5岁时失怙（父亲去世），1898年因赞同百日维新，携眷奉母避祸沪上。移居上海的李叔同年少才盛，很快加入了以切磋诗词文章为目的的文艺团体"城南文社"，城南文社的活动地点在城南草堂。城南草堂的主人许幻园家中富有，为人也慷慨，一度是上海新学界的领袖人物，经常举办悬赏征文活动。李叔同加入文社后立即显示出了出众的才气，第一次参与就获得了第一名。许幻园慕其才华，于1899年让出城南草堂一部分，请李叔同一家搬来同住。后来李叔同与袁希濂、许幻园、蔡小香、张小楼义结金兰，号称"天涯五友"。翌年出版《李庐诗钟》《李庐印谱》。1901年李叔同入南洋公学（上海交通大学），从学于蔡元培。客居沪上时，以"李广平"之名翻译《法学门径书》及《国际私法》，出版《国学唱歌集》，参加演出京剧《虫八蜡庙》《白水滩》《黄天霸》，也常与歌郎、名妓等艺事往还。上海求学时的他，风流倜傥，英俊之气流于眉间，是上海一等的"翩翩公子"。凡事不苟且，做公子哥，也决意要做那最翩翩的一个。

1905年他东渡日本留学，在东京美术学校攻油画，同时学习音乐，并与留日的曾孝谷、欧阳予倩、谢杭白等创办"春柳剧社"，演出话剧《茶花女》《黑奴吁天录》《新蝶梦》等。李叔同在《茶花女》中扮演茶花女,卷发长裙,眉峰紧蹙,眼波斜睇,正是茶花女自伤命薄的神情。即便是演戏,他也丝毫不会苟且,十二分的真切!

1911年李叔同学成回国,先后在南京、杭州任教,丰子恺这时就是李叔同的学生。此时的李叔同已经脱下了洋装,换上了粗布袍子、黑布马褂、布底鞋子,完全变成了一个朴素整洁的教师形象。李叔同的课总是严肃的,他端坐在讲台上,"温而厉",他站起身来,深深地一鞠躬,课就开始了。李叔同做老师,也决计不会敷衍学生,而是轻柔而严肃地教育学生。

1915年冬天大雪纷飞,"天涯五好友"中的许幻园家道中落,他站在门外喊出李叔同和叶子小姐,说:"叔同兄,我家破产了,咱们后会有期。"说完,他便挥泪而别,连好友的家门也没进去。李叔同看着昔日好友远去的背影,在雪里站了整整一个小时,连叶子小姐多次的叫声仿佛也没听见。随后,李叔同返身回到屋内,把门一关,让叶子小姐弹琴,他便含泪写下"长亭外,古道边,芳草碧连天……"的传世佳作《送别》。如今《送别》在中国则已成骊歌中的不二经典。李叔同做朋友,也是情深似海,毫不虚伪!

1916年冬李叔同入杭州虎跑定慧寺,试验断食17日,有《断食日志》详记。入山前,他作词曰:"一花一叶,孤芳致洁。昏波不染,成就慧业。"返校后,他开始素食。1918年春节期间他在虎跑寺度过,并拜了悟和尚为其在家弟子,取名演音,号弘一。8月19日,他在杭州虎跑寺剃度为僧。曾云游温州、新城贝山、普陀、厦门、泉州、漳州等地讲律,并从事佛学南山律的撰著。1929年2月,弘一法师与丰子恺合作的《护生画集》第一册由上海开明书店出版,他先后还著述了《四分律比丘戎相表记》和《南山律在家备览略篇》。弘一法师一离俗世,即告别尘世的一切繁文缛节,并发誓"非佛经不书,非佛事不做,非佛语不说"。弘一法师选《南山律宗》作为化教制教的《圆教宗》,以"心法"为戒体。受戒后他持律精严,完全按照南山律宗的戒规:不作主持,不开大座,谢绝一切名闻利养;护生戒杀,正行弘法。他不但深入研究佛教宗派中最重修持的律宗,而且实践躬行,事实上他也最大限度地做到了这一点,最终成为南山律宗一代祖师。1942年10月2日下午他身体发热,渐示微疾,10月10日下午写"悲欣交集",三日后安详西逝,圆寂于泉州。作为僧人,弘一法师亦是认认真真,豁然大方,可谓"绚烂之极,归于平淡"。

好友夏丏尊这样评价他:"综师一生,为翩翩之佳公子,为激昂之志士,为多才之艺人,为严肃之教育者,为戒律精严之头陀,而以倾心西极,吉祥善逝。"

做人当如此,不苟且!

恰　好

万事都是时间和空间的耦合,时间对了、空间对了、人物对了,便有了万事万物,便有了历史和记忆,便有了惊喜和失望。

这段时间一直醉心于民国的那段历史,越来越喜欢用简洁的词语表达自己朴素的意愿和思考。一想起吴宓、刘文典、胡适、林徽因、李叔同,他们在那个时代、那片土地上,殉道、嫉恶、不朽、极端和不苟且,便不觉得突兀了。

(一)西电后街的驴肉火烧

生活一如既往,平淡,波澜不惊。

记得有一次请一位朋友吃白沙路上的驴肉火烧。这家驴肉火烧在西电后街附近,我是偶然一次发现了这家小店。店面很小,只有四张桌子,卫生条件尚可。驴肉滑嫩,饼子酥脆,咬一口下去裹着浓郁驴肉香味的火烧足足地刺激着味蕾,油一下子冒出来流到口腔里,里里外外的满足。再来一碗滚烫的驴杂粉丝汤,汤底清白,青菜的鲜味在驴汤的保护下,略显微甜,汤料中放足了胡椒,让人酣畅淋漓,尤其是在夏天。

那天,店里几乎没人,我们也是每人要了一份火烧和驴杂汤,吃得舒服妥帖。中间我出去买了一包口香糖,老板一直在打电话,似乎没有精力招呼我,于是我们忘记了付钱就走了。待到晚上才想起来没有付钱,吃了一顿霸王餐。第二天,我又专门开车过去,店门已经挂上了重重的铁锁,也没有留下电话。我们恰好吃了老板的最后一顿火烧,而且没有付钱。老板就这样悄无声息地消失在茫茫人海中,徒留下些许的遗憾和内疚。

(二)柴静的《看见》

我和大多数人一样,了解柴静都是通过《穹顶之下》,知道了她是一位有良知的媒体人。后来,买了柴静的另一本书《看见》。和我一样,她喜欢用准确的词语,简洁有力,她也是76年生人,所以我仔细阅读了这本书。

书的第八章《我只是讨厌屈服》。

"公民和普通百姓的概念区别是什么?"

"能独立地表达自己的观点,却不傲慢,对政治表示服从,却不卑躬屈膝。能积极地参与国家的政策,看到弱者知道同情,看到邪恶知道愤怒,我认为他才算是一个真正的公民。"

"你想要一个什么样的世界?"

"我想要宪法赋予我的那个世界。"

1946年胡适在北大的演讲中说:"你们要争取独立,不要争取自由。""独立要不盲从,不受欺骗,不依赖门户,不依赖别人,这就是独立的精神。"

第十章是《真相常流失于涕泪交加中》。"这样慢慢会变成你本来反对的人""不要因为一样东西死去就神话它""一个节目里没有好人和坏人,只有做了好事的人和做了坏事的人。""准确是这一工种最重要的手艺,而自我感动、感动先行是准确最大的敌人,真相常流失于涕泪交加中。"

看见了并独立思考,才能称之为观察;看见的不见得就是真相,真相也不一定是我们所愿意看到的!孙悟空的火眼金睛看到的是真相,唐僧却看到了心相!

(三)梁博士的工作

周末的上午去陕西师大听了梁博士的工作介绍,颇有些激动!尤其在最后一页PPT,梁博士讲到了2017年的工作,大家都以为他会讲在学术上、项目上取得如何的进展,呈现出来的画面却是诗情画意的"苔痕上阶绿,柴扉久不开。屋前半池鱼,堂后琴声睐"的田园景致。

人之一生,故乡的情结都是乡愁的根源。无论是贾平凹笔下的棣花镇还是陈忠实笔下的白鹿原,都是对故乡的人、故乡的事经久不衰的怀念,这种怀念已经深入骨髓,融入血液。

熊培云的《一个村庄里的中国》,何尝不是在故乡的视野下,看待这个时代、这个国家、这些人物。故乡是由那些有血有肉、有感情、有思想的土地、树木、房屋、邻居、事件所组成的有形或无形的组合体。恰好你生在此地,恰好这就是你的故乡,恰好你就怀念它、热爱它。

自由与价值

（一）

前几天,去了趟西安著名的博文书店,书店门面不大,但比较深。沿着两边的墙壁和中间都堆满了书。有的散放在书架上,也有打成捆准备邮寄或者等待买主来取的书籍。既有最新出版的大部头,也有布满灰尘、许久无人问津的陈年小册子;有些是平装书,用来阅读,也有凸版手工印刷的精品线装书,用于收藏。

我买的书当中最有价值的就是价格不足 9 元的、1998 年由贵州人民出版社出版的《自由、权利和社会正义》。作者是美国的乔尔·范伯格博士。书是薄薄的小册子,印刷也是十几年前的样式。西方哲学注重人的主体性,以人为中心。无论是对人的宏观研究,如社会、政治、文化、历史、宗教,还是对作为个体的人的微观研究,如人的本质、本能、情感、性格、自由、价值、需要和价值信仰,都是我们必须面对的。

自由,相对于不自由,包括人身自由、政治自由、思想自由等作为生物人和社会人所具有的权利。自由包括摆脱的自由(Freedom From)和自为的自由(Freedom To)。摆脱的自由是指摆脱了某种自认为重要的束缚,比如一个男人离婚了,他告诉我们离婚了,他自由了,说明他摆脱了曾是他妻子的那个女人的束缚,但并不代表他去和别的女人结婚,我们只知道他现在没有妻子,并为此感到高兴。自为的自由指具备自主决定的能力,比如我攒够了钱,终于可以买车了! 说明他具备买车的能力,但不意味他真的买车。

自由,可以用一个范式表达： __A__ 摆脱 __B__ 去做(或不做,或存在,或具有) __C__ 。

A 表示自由的主体,B 表示某种约束或者强迫,C 表示实际拥有或者假定想拥有的某种东西。

约束,作为自由的某种对立面,可以分为内在积极的约束,如头痛、思想不集中和不由自主的欲望,内在消极的约束,如无知、懦弱、才能和技艺的欠缺,外在积极的约束,如监狱、面对刺刀和禁闭,以及外在消极的约束,如贫穷、没有交通工具和没有武器。

肯定的自由就是没有消极的约束,否定的自由就是没有积极的自由。一个人如果没有愿望、目的和理想的层次结构,也不清楚自己所属的主观世界,那么他虽然不受外界或者内在力量的支配,但却始终不自由。

没有内在规则约束的前提下,各种欲望会相互约束、冲突和碰撞,所以各种自由同时存在导致更大的不自由,比如没有交通信号灯,交通将乱成一锅粥。

所以自由便是自我清醒、自我约束和自我满足,从而达到一种满足。

(二)

佛教里有一个经典故事——尸毗王割肉救鸽饲鹰。故事涉及尸毗王、鸽子和鹰。尸毗王仁厚贤德,是释迦牟尼佛在好多世当中的其中一世,他拥有权利、财富、美色。当他看到一只可怜的鸽子受到生命的威胁时,他动了怜悯心,于是他愿意用权利、财富和美色去换取鸽子的生命,鹰却认为这些他认为重要的、有价值的东西对于自己毫无意义,它只需要和鸽子同等重量的、温热的肉。尸毗王割了自己的肉放在天平上,始终没有和鸽子的体重等同,最终无肉可割的时候,他将自己的全部身体扑向天平,瞬间天平平衡了,一种自由和另外一种自由平衡了,鸽子得救了、鹰得救了,尸毗王解脱了!

佛教认为,每次肉体的死亡都意味着灵魂的升华。解脱不仅是肉体的消亡,更重要的是获取新的价值,寻找新的载体。

这个故事的结局是完美的,鹰、鸽子、尸毗王都得到了自己想要的东西。生命、自由、解脱,画面和背景音乐都是悲壮而又激昂的。倘若,换成一个悲剧的结局,尸毗王疼痛致死、鹰背信弃义吃掉鸽子,则是完全混乱的结局,整个画面变成灰暗、混乱无序的。

故事的谜底是白鸽是帝释天变的,老鹰是毗首羯磨变的,他们用这种方法来考验尸毗王对佛、对普度众生的坚定至诚。

圣经哥林多前书 10:13:"你们所遇见的试探,无非是人所能受的。神是信实的,必不叫你们受试探过于所能受的。在受试探的时候,总要给你们开一条出路,叫你们能忍受得住。"

可见无论哪种信仰,对于每种考验、试探,只要我们出乎本心,都能达到一条自由的出路!

(三)

每个人心中都有一个天平,财富、地位、美色或许都是砝码。有人用财富当作砝码,于是他用财富衡量一个人的价值,看他的服饰、房产、车子,以此判断他的价值;有人用地位衡量一个人的价值,判断他的位子、他的关系网络、他的上升潜力,从形成对他的价值判断;还有人对颜值要求很高,凡是漂亮的、性感的、美艳的必是好的。这是都是显式的、可见的、简单的价值判断。

在"简单纯洁"的国度里,这些都是一文不值的,顺从本心、善良本意、健壮本身才是终极的自由,符合人存在或者诞生的本身意义,便是"好的"。照着本来的形象,管理自己,管理周边的"活物"和"果实",于是事就这样"成了"。

不自由就是一种束缚、一种挫败,这种源于价值判断偏离的痛楚感受,其解决根源在于天平的砝码,有了合适的、来自第三方的砝码,才有"成了"和"好的"、舒适的感受!

后记:本文完成于两周前的凌晨,不知何故,当写成的瞬间电脑发生故障,文稿荡然无存。一直没有再提笔的动力。今天与一位老兄长谈,才有了重写的欲望。人生旅途中,总有一盏灯,在你困倦退却的时候温暖你;总有一缕霞光,在你毫无慰藉时,透过云层洒在你的身旁。

空间与艺术

昨天去神木出差,中间抽空去高家堡古城看了看。尽管只有十分钟的时间,但还是从凋朽的屋檐、精致的串成串的枣花馍、威严的中兴楼、古朴的石板街、棋盘罗列的街巷、廊腰漫回的楼院,感受到悠悠的古城之气。

有人说:陕北是个有信仰的地方。曾经的物质匮乏和精神上的富足形成巨大的激荡,这里曾经人烟稀少,地旱而满是沟壑,但是人们却对天地人神充满了敬畏和信仰,并用空间、生命去诠释这种持久的、独特的信仰。

其实空间就是生命和天地相处的方式,艺术就是人们和天地相处的符号。

(一)

人类在与自然长期的接触中,逐渐学会了用空间来表达对自然的崇拜,使用特殊的空间形式与自然沟通、和谐相处。用道路、村落、庭院、门窗、砖瓦、对联来让自己与自然赐予的风雨、山川、河流、沟壑、丛林、鸟兽和四季昼夜和谐共处。

空间和艺术的布局,必须满足生命中对美好事物的记忆,必须满足信仰的长久流传。在实际的环境与时空、人的关系中,由于方位的不同,所依附的阳光、水、生物,以及周边的灵异都有利害之别,这些虽然都是不可见的,但对于久居当地的人来说,一起都是那么自然和熟悉,并在日常的生活中习以为常并自觉遵守。

(二)

陕北的地貌由山梁、沟壑、悬崖组成,这些几何体都富有立体感,无论是天地这样的空间关系,还是日月消长这样的时间关系,都富有变化。

山梁和沟壑的纽带便是道路,道路有大道和小道,有小道与大道连接的十字路口。这样的十字路口一般位于村口,是村子与村外大道的交接点,这是村中所有人出行和归乡的必经之路。

十字路口不仅是物理空间的联结,也是通往物质世界和精神世界的交叉的神奇符号。一般,村里的驱鬼、送葬等重大仪式都将十字路口作为重要的地点。十字路口不仅是人容易迷失或走错的地方,也是灵魂容易迷失误入他境的地方。

(三)

有时候,迷失也会成为一种极好的体验,会产生适当的恐慌和陌生。而当你在一个原本熟悉的地方迷失时,其实你已经来到了一个新的、另外的世界,这种恍惚为并存的新旧两个世界之间打开了一扇神奇的大门,灵魂通过这个大门暂时游离于我们的肉体,这就是心灵的出走。这种短暂的体验之后,便是正常的灵魂与肉体的重叠和复原,如果复原出现了故障,便会产生重大的问题。

迷失往往表现为自我有意识的迷失和无意识的迷失。有意识的迷失是在有限束缚下的安全迷失;无意识的迷失则会让人恐惧,甚至崩溃。

(四)

艺术就是人和神交流的符号和媒介,信仰便是特殊的艺术。原本的一张纸、一块石头、一碗面粉、一把唢呐,当注入了人的"气"之后,一片片阴阳相依的剪纸、一尊尊狮子或者佛像、一个散发着食物香味的活灵活现的面花、一段悠扬婉转的民间小调便经由一把普通的剪刀、一把笨拙的凿刀、简单的梳子或者其他的日常什物变得精致、灵动,变成一种交流的方式和符号。

上帝创造人时,留下了和神沟通的后门,这种遥远的、模糊的灵魂基因让人具备了沟通的能力,但这样的沟通必须依靠心灵的投入和虔诚,尽管沟通的途径很多。

守 住

（一）

有家人和朋友的地方，叫家乡；没有家人和朋友的地方，只能褪色成故乡。

一支陕西本土方言乐队，一位在西安美院念油画的主唱，一群返回家乡的北漂伙计们，血液中流淌着三千年的情怀和热爱，呼吸中震颤着大秦的豪爽与洒脱，"木翅膀"造就了一首首乡音弥漫的歌，他们替我们固守着家乡，使家乡不至于沦落为故乡。

早上开车上班，收音机里传出熟悉的秦音，事后才知道那是马飞唱的《回西安》。

……

伙计们都不在你的身边/也没有人跟你谝/不知道啥时候才能挣够/沃北京的首付款

嗨~~我的伙计们呐/这板筋都给焙好咧

嗨~~我的伙计们呐/你是否还在挤地铁

嗨~~我的伙计们呐/你啥时候回西安

我的伙计们呐/等着你回西安把伙计见

伙计，听着就是三秦大汉来瓣生蒜、嚼着然（黏糊的意思）面、伴着油泼辣子的家乡的味道！家乡，是忘不掉的乡音，忘不掉的焙筋烤肉，还有忘不掉的伙计们。不论离开多久，走了多远，都有自己或者伙计守着那难忘的家乡。

（二）

清晨，薄雾西湖，两舟相向。

李叔同的日本妻子叶子:"叔同——"

弘一:"请叫我弘一"。

妻子:"弘一法师,请告诉我什么是爱?"

弘一:"爱,就是慈悲。"

从此,世间那个会作诗、会填词、会书法、会作画、会篆刻、会音乐、会演戏的李叔同没了,重生了孤云野鹤、弘法四方的弘一和尚。虽然共享一副皮囊,可是李叔同和弘一却是截然不同的。

记得和一位睿智的朋友G君聊起李叔同。

"作为家人、丈夫、父亲,他是不负责任的、自私的。"

"他决绝、冷酷、自我逃避!"

我说:多年前我也是这么认为。很庆幸,我现在有了不同的视角去阅读弘一法师。寻找个人的幸福,称之为奋斗;寻找家庭的幸福,称之为成功;寻找灵魂的幸福,称之为度化。

人在度己,佛已度人。

而今读大师,虽然有泪盈眶,但心里却是温暖。时隔多年,我才终于了悟弘一法师的有情,正是"道是无情却有情"。

"看到那些革命先辈为了大众,抛家舍身,让人敬仰;那些僧侣为了个人,为了逃避现实,离家出逃,让人心寒。"

看到的不一定是全部,看不到的也许才是真谛。

"还君一钵无情泪,恨不相逢未剃时。"离苦得乐,了却烦恼,以凡眼难窥道心。

(三)

2015年又将转瞬即逝,一如既往地忙碌不止,一如既往地毫无建树,一如既往地迷茫混沌。

四十不惑,人到四十,锋芒渐息,少了浮躁与轻狂,多了成熟与稳重,这是时间的沉淀,是岁月的印痕,如年轮不休,似万物生生不已,是对世事万物的禅解。

佛曰：一花一世界，一草一天堂，一叶一如来，一砂一极乐，一方一净土，一笑一尘缘，一念一清静。这一切都是一种心境，都是对生命过程的感悟。

悟透了，参透了，一壶浊酒，半盏清茗，生活就会变得简单清洁，心情就变得透彻明静，一切对与错、是与非皆为浮云。其实，原本就没有绝对的对与错、是与非。

人字简单，一撇一捺；做人亦简单，该放就放，当止即止。"若不撇开终是苦，各自捺住即成名。"撇是洒脱无羁，捺是有止有道。凡世间之事，撇开一些利益纠结就不苦了；方寸之间，能按捺住情绪才是人生智慧。

什么是修行？修习慈悲，行操心性。人生可不就是修行。

（四）

一位朋友推荐了一首歌——*Power to go*！

行走，已经忘记行走了许久，忘记了行走的力量，忘记了行走之于生命的意义，忘记了行走中欣赏美丽的风景。

那是一个满是雾霾的上午，就是那一首歌温暖了整个冬天。

用行走的方式，坚持与自己沟通，不断与内心对话。不仅是脚步的丈量，更是心路的历程。带上家人登山远游，体验行走的感觉；约上三五好友，光着膀子，在球场上来一场酣畅淋漓的比赛；当然，也可以独倚斜阳，打个小盹，在氤氲之中神游天地，在恢恢之中枕书入梦。

人到四十，开始享受生活、享受行走，因为始终不惑。

醒在梦里

梦是一种不自觉的虚拟意识,是外界刺激对大脑的不自觉刺激或者是大脑在先验知识下的无意识残留。无论梦是对现实的出逃,或是对现实的虚化,我们都无法解释梦、无法左右梦,甚至无法区别梦境和现实。

(一)八仙庵里的梦

西安的东郊有一座道观,名曰八仙宫,是西安最有名的道观之一,在西安几乎家喻户晓。

据说过去在八仙宫的牌楼下立有"长安酒肆"石碑一座,旁刻"吕纯阳先生遇钟离权先生成道处",指的是八仙中的人物吕洞宾与钟离权相遇的传说。

据《神仙传》记载:吕祖洞宾于长安酒肆困倦枕案,梦里高中进士,署名台谏,其后儿孙簪笏,为相四十载。忽陷重罪,籍没家资,孑然流放,于是"发浩叹,恍然梦觉"。钟离权在旁吟曰:"黄粱犹未熟,一梦到华胥。"吕祖惊奇,钟离权又曰:"五十年间一顷耳!人世亦大梦也。"吕祖觉悟得道。后人于此立祠,以示纪念。

我们无法考证吕钟二仙是否有如此对话,但世间事恍惚陆离,古怪难料,和梦境几无别样,所以这样的故事才在民间代代相传。

有诗云:
道是黄粱梦,人世无两样。
悟梦得道时,已然乘风上。

(二)老庄的蝴蝶梦

蝴蝶,总是给人以美的遐想,正如歌词中描述的那样:

亲爱的/你慢慢飞/小心前面带刺的玫瑰

亲爱的/你张张嘴/风中花香会让你沉醉

亲爱的/你跟我飞/穿过丛林去看小溪水

亲爱的/来跳个舞/爱的春天不会有天黑/我和你缠缠绵绵翩翩飞/飞越这红尘永相随……

两只蝴蝶的故事流传了百年千年,两千年前的庄周也做了同样美丽的梦。

《庄子·齐物论》中有如下的文字:"昔者庄周梦为蝴蝶,栩栩然蝴蝶也,自喻适志与,不知周也。俄然觉,则蘧蘧然周也。不知周之梦为蝴蝶欤,蝴蝶之梦为周欤?"

不知是庄周梦到了蝴蝶,还是蝴蝶梦到了庄周?

那时的庄周还是漆园吏,有大段的时间用于思索,没事时就在家中空想,所以才有了今天的庄周梦蝶这一美丽而又富于哲理的故事。西方著名哲学家笛卡尔也曾阐述了类似的观点,他认为人通过意识感知世界,世界万物都是间接被感知的,因此外部世界有可能是真实的,也有可能是虚假的。所以真的、假的也都没有本质的区别,只是地球这边的人以为地球那边的人都是头朝下的。

(三)河边的白日梦

记得有次雪日的下午,驱车来到一小河边,雪片徐落,水流无声,四周寂静,唯有簌簌之声。不经意间竟梦到溪水叮咚,桃花盛开,芬芳四溢,白雪满地,百鸟鸣落枝头。直至几乎天黑才忽而梦醒,不知是我是梦中人,还是梦中人是我?

朋友L君说:"这是不真实的。"我们无法用理智来理解梦和梦中的人,梦中的人也不必按照我们的逻辑行事。

梦,一旦清醒,梦中的景象便会很快消失,所以是不真实的,至少在自我感官的意识下是虚无的,即使令人向往,但却无法达到。但换一个角度,也许现世的我们才是虚无的,梦境中的我们才是真实的。

他者视野下的我者

"他者"(The other)是一个哲学术语,与我者或者"自我"(Self)相对。以前西方人将"自我"以外的非西方世界视为"他者",将两者截然对立起来。所以,"他者"的概念实际上潜含着西方中心的意识形态。

宽泛地说,他者就是一个与主体既有区别又有联系的参照,通过选择和确立他者在一定程度上可以更好地确定和认识我者,一个主体若没有他者的对比对照将完全不能认识和确定我者。我者在功用上和主体上高于他者,他者是作为对照物的存在,他者是无本质的存在。理论上如此,现实中却并非如此。

我者和他者的对立,来源于我者对自我的不了解,这种不了解既有客观条件的不具备,也有主观条件上的不作为。比如我们评价一个学生,更看重老师、家长、同学对他的评价,而本人的我者评价我们几乎不参考,甚至从来没有进行我者评价、我者探究的准备和要求。

我者和他者的对立,来源于我们对他者的迷信和崇拜。我们论证一个观点时习惯用权威的他者来佐证我者的观点。比如我们利用美国视野中的中国发展情况来证明中国近年来取得的成就,借用美国这一他者的尊重来证明我者的强大,这在逻辑上看似矛盾,却反映着我者的某种不自信,或者对我者主体意识的轻视。

我者与他者,本质上是对等的,只是被哲学家刻意地对立了、隔绝了。我者借用他者的评价,其基本假设他者是客观的、不变的,好似一面镜子;但我者是变化的,他者也是变化的,那么我者对他者参照的依赖性就是脆弱的,甚至是不可靠的。

我者和他者,也是在不断变化。前几天见了一位老同学,十五年没见了,见面后还是一下认出了彼此。没有被我者同化,或许因为生活工作的缘故,同学逐渐成了他者,见面后觉得一下子又回到了当年记忆中的他者。

再比如:许多信徒起初是不信神的,神在他们眼中不存在,连他者都算不上;后来他们逐渐了解神,逐渐将神作为崇拜的目标,此时的神也只是他者;再后来,他们信奉神,学会了与神沟通,顺服神,传播福音,在属灵的世界里成长,神成了我者的一部分,因此也就自觉了。

当他者不存在,或者暂时不存在时,我者往往需要临时产生一个他者,甚至虚拟一个他者。他者的存在是为了证实我者的存在与强大,所以他者无时无处不在。

或许我者也是他者的他者,正如:"你站在桥上看风景/看风景的人在楼上看你/明月装饰了你的窗子/你装饰了别人的梦。"

太过头疼,洗洗睡吧。

寻找，就寻见
——从信仰的角度重读《西游记》

我们日用的饮食，天天赐给我们。赦免我们的罪，因为我们也赦免凡亏欠我们的人。不叫我们遇见试探；救我们脱离凶恶。

——路加福音 11:3-4

我又告诉你们：你们祈求，就给你们；寻找，就寻见；叩门，就给你们开门。

——路加福音 11:9

近日读了《圣经》的部分章节，试着从信仰的角度分析西游圣记，不知妥否，权当消遣。

《西游记》的出发点是水陆大会，超度冥府孤魂。后观世音菩萨领受如来佛旨，访查取经之人，得见江流儿和尚，并赠予锦襕异宝袈裟、九环锡杖。三藏和尚高坐法台，讲道弘法。菩萨晓谕唐玄奘所讲教法为小乘教法，度不得亡者升天，而大乘佛法可度亡脱苦，能消无妄之灾，所以才有了西游取经。

（一）拣选

取经目的不在经书的形式，而在于取经过程中对人性中的弱点进行修复，在取经的过程中弘扬佛法，扬善除恶。在取经团队的拣选上，菩萨可谓费尽周折，无论是唐僧，还是孙行者、猪八戒、沙僧、白龙马，都是菩萨精心挑选的结果，即便是取经路上的各路魔怪也都精心挑选。

唐玄奘自幼学习佛法。得知母难父亡，于是寻亲救母，一家团聚，而后回寺报答长老。唐三藏一心向佛，即使还阳后的生父已经飞黄腾达，依旧回寺研修；在法会上听说有大乘经卷，于是发心取经；一路历经苦难，虽手无缚鸡之力,但信心十足,从不退缩。

悟空行者草根出身,但天资聪慧,总是以英雄的形象出现,即使偷桃盗丹这样的事情也是以正义的化身出现。但就是这样的一个近乎完美的石猴,却没有作为取经的核心,为何?他缺乏对取经的虔诚和对佛经的热爱,他没有深刻领会佛经的内涵,所以只能作为保镖,护送肉身的三藏。

无论是悟能还是悟净,以至白龙马,以前都是神之豪杰;无论是天蓬帅、卷帘将,还是西海龙,都是触犯律法,被整编进入取经团队,将功折罪。拣选徒弟的原则都是曾是戴罪之身,通过取经路上的艰辛和感悟,破茧成蝶,终成正果。所以即便是我们凡人也可经过修炼,去除人性之弱点,弘扬正法,以炼正身。

对于诸魔的设置,观世音菩萨亦是煞费苦心,有些被悟空乱棍打死,有些发回原处改造,有些被收为门徒。凡心有慧根、心存善念,无论是妖是孽,佛皆度之;无心无念者,纵使修行千年,终了难逃一亡。

(二)试探

你们所遇见的试探,无非是人所能受的。神是信实的,必不叫你们受试探过于所能受的。在受试探的时候,总要给你们开一条出路,叫你们能忍受得住。

——林前 10:13

但凡要成就大事业的,必经大磨炼。磨炼即是剔除人性中的毒瘤,即是强化人性中的本善。在取经的道路中,菩萨设置关卡,试探取经者对权势、财富、诚信、女色的态度,并帮助师徒披荆斩棘,渡过难关。在这些苦难中有多次都面临团队分崩离析、团队首领被擒的危机,但最终也都化险为夷。所以这些试探既是对团队的检验,更是对团队的修正。

设置的诸多磨难,其实真正由团队自行解决的并不多,这也就说明了人性存在弱点,能力存在缺陷,只有真心的、虔诚的信仰才能逃脱俗世的烦恼,才能真正地逃离凡尘的侵扰。人的能力是有限的,从这个意义上,无论是一心念佛的唐僧,还是混世魔王,抑或将帅龙种,都是一样的,都是先天不足的残缺之人。只有借着菩萨（信仰）才能到达西天佛那里，才能到达真正的极乐世界。

所以试探的目的不是解除魔障，而是让我们发现我们的弱点，发现信仰的重要。

所以叩门即开门。

（三）赦免

人都是有罪的，无论是皇帝老儿还是乡村野叟。这些罪是原罪，与出身无关，与身份无关。

李世民因泾河龙王之事被索命阎罗殿，被先主先兄故弟扯住，又被奈何桥、枉死城的孤寒饿鬼纠缠，但最终还是还阳脱阴，添寿二十载。虽有崔判官相助，也正体现了佛救众生的本质，于是信仰得救，得赦免。

无论是作乱天宫的悟空，还是犯天条、杀生无数的悟能、悟净，都是有罪之身，但皈依了，修炼了，神渡人无类，所以赦免了罪身。就连泾河龙王，还有泾河龙王的九子，各路妖魔鬼怪，神也都一一饶恕，只要向善学真。

赦免对神是一种慈悲和呵护，对人却是一种发现和喜乐。

行走在爱中

在家人和好友的推荐下,我带着疑惑的眼光,终于在昨天凌晨如饥似渴看完了华姿著的《德兰修女传》全书。究竟是什么力量鼓舞着一个瘦小的女人完成了举世瞩目的成就?她并非伟人,却比伟人更加高大;并非智者,却比智者更加智慧;并非圣母,却和圣母一样爱人如己。

爱一个人容易,一辈子坚持爱一个人不易;爱一个人容易,爱一群人,而且是坚持不懈地爱一群陌生人,一群处于底层的陌生人,一群让大家避之不及的陌生人,这得什么样的人才能做到?什么样的人才能爱人如己?以此文来悼念学习这位瘦弱的伟人。

(一)爱穷人

德兰姆姆说:我们常常无法做伟大的事,但我们可以用伟大的爱做小事。爱一个人,并非要给予他多少财富,而是在帮助他时倾注爱。爱穷人就要将自己变成比穷人还穷的人,她总是比穷人还要贫穷,然而她的心底总是散发着无穷的爱。

爱穷人,给他们筹集粮食;爱穷人,为他们的生计抗争,哪怕垃圾堆就是他们的生计来源;爱穷人,在简陋的教室里为他们的孩子传授知识;爱穷人,即使他们全身溃烂,即使他们散发恶臭,即使他们身患麻风病,即使他们生命的光芒已近熄灭,温暖地握紧他们的手,拥抱、照料、抚摸、倾听、微笑,让他们生命的尊严得到应有的尊重。其实粮食和医药对于穷人并非最为重要。

"我们不能让一个贫困的人在死之前仍被抛弃,至少在他咽气的刹那,让他感觉到,他是一个重要的人,他是被爱的。"

德兰不关心政治、不关心阶级,她只关心人,一个个具体的、或穷或富、或健康或患病、或有信仰或无信仰的人,她对人的关爱是没有界限的。

"他们唯一的错误就是贫穷",在德兰修女的眼中,穷人就是上帝。

Love as I loved you. 她诠释了对上帝的爱,无私,仁爱。爱,不去改变他们的信仰;爱,让他们有自尊和受到应有的关注。

照顾那些"不可触摸者"。当人处于一种困境时,往往会被其他的群体隔离,无论是阶级上的、身体上的,还是财富上的,但从来没有人因为思想的丰盈、爱的充满而被隔离。

爱是最好的药。无论是身患艾滋病、麻风病,还是衣衫褴褛;无论是露宿街头,还是被关监狱,每个人的心中都充满对爱的渴望。我们不去评判是非对错(那是评判机构的事),只是去关心他们、给他们平等的微笑和帮助。

(二) 爱富人

"饥饿并不单指食物,而是对爱的渴求;赤身并不单指没有衣物,而是指人的尊严受到剥夺;无家可归并不单指需要一个栖身之所,而是指受到排斥和摒弃。除了贫穷和饥饿,世界上最大的问题就是孤独和冷漠。孤独也是一种饥饿,是期待温暖爱心的饥饿。"

她爱穷人,也爱富人,尊重富人,因为富人也是上帝的儿女。富人之所以富有必有他的原因,只是他们胡乱挥霍财富的时候让人愤怒。其实也有很多富人慷慨帮助穷人,甚至有很多的富人抛弃自己的财富担任修女和修士。

其实,上帝在创造人的时候预备了足够的衣食和房屋,只是在分配的过程中出现了问题。少数人占有了大量的资源,而穷人却没有足够的资源。穷人有的,富人未必有。比如,关心、关注、关爱、交流、时间、阳光等,很多富人将自己圈在一个狭小的空间,即便富有地死去也没有人关注。其实富人也渴求爱,渴求交流,渴求接纳与认同,往往是财富阻止了它们。财富的拥有并不能妨碍精神的贫穷。

事实上,爱和财富无关,爱是一种极小的付出,却有极大的收获。

（三）爱家人

爱是最高超的道,上帝就是爱。

很多人习惯了"远程的爱",爱邻居、爱陌生人,但对自己的父母、配偶、儿女漠不关心。家是爱的源泉,爱是一切美德的灵魂。如果连身边的人都不爱,你又怎么可能真的爱远方的人呢?你所做的,不过是为了成就一种个人的功名罢了。

上帝说:爱人如己。所以爱人之前必须爱自己、爱家人、爱自己身边的人。爱必须发自内心,不希求回报。因为,每个人都是上帝用来爱世人的工具。

"你怎么可以说你爱那个看不见的上帝,而不爱自己看得见的兄弟。你是个说谎者,如果你说你爱上帝,却不爱自己的兄弟。"

（四）天堂和地狱

有一天,一个人来到上帝那里,要和上帝讨论天堂和地狱的问题。

上帝对那人说:"好吧,我让你看看什么是地狱。"

他们走进一个房间,房间里有一大群人正围着一大锅肉汤,但每个人看起来都营养不良,饥饿而且绝望。原来,虽然他们手里都拿着一个可以伸到锅里的汤勺,但汤勺的柄比他们的手臂还长,他们没法把汤送进自己嘴里。

上帝又对那人说:"来吧,我让你看看什么是天堂。"

他们走进另一个房间。这个房间里的一切都和上一个房间一模一样,还是一群人,一锅汤,一样的长柄汤勺。唯一不同的是:大家都在快乐地唱歌。

那人就问上帝:"我不懂,为什么一样的环境和条件,他们快乐,而那个房间里的人却悲苦?"

上帝微笑着慈爱地回答:"我的孩子,这很简单,因为在这里,大家都在喂别人,而在那里,他们只喂自己。"

原来,地狱和天堂的区别不在于汤勺的柄,而在于你在喂谁。

"规纳"的价值

"规纳"意为规约和收纳,譬如我们在清理厨房的时候经常会翻出一桶油,在整理书架的时候偶尔会翻出一张夹在书里的钞票。"规纳"存在的价值是由于我们对某种资源过度地贪婪占有,却无法充分利用,因此会出现大量的"有价值的垃圾"。

"规纳"的前提是资源过剩,至少是超出我们可利用的范畴,比如衣饰、餐食、住宅、土地、矿产、水,还有一些虚拟的资源,如时间、空间、计算、主意、想法、理念。大量的资源被我们贪婪地占有,却没有物尽其用,被白白地浪费。

"规纳"的原因是浪费和无序。我们厨房里多买的面包往往没有食用完便过期了;上班挤地铁的时间、排队的时间、候机的时间多是发呆,除了有效的工作和生活时间,多余的时间便被我们无情地浪费;貌似硕大的硬盘被我们下载了大量的貌似有用却从来都没有用过的电影、软件、音乐;口袋里的零钱也是丢三落四,随意乱丢。

"规纳"的过程是制定规则和约束条件,然后实现收纳和平台整理。比如淘宝将大家认为影响市容的小摊小贩"规纳"在一起,既确保了摊主的利益,也保证了顾客的利益,通过相对比较完善的规则来实现资源的规整;垃圾时间的"规纳",微信打败了彩信,微博打败了博客,手机打败了电脑。

"规纳"的目的是充分利用。譬如余额宝的秘密在于利用了貌似没有价值的价值,快的打车充分利用了乘客和司机的时间间隙。"规纳"必须让资源的所有方和资源的使用方都有利可图。

"规纳"的适用范围。目前比较成功的淘宝、余额宝、微信、打车软件都是建立在虚拟资源和虚拟平台上的"规纳",是建立在信息流基础上的资源重构;太阳能发电、物品交换等必须依赖线上和线下的结合,目前还没有看到成功的曙光。但网格计算和大数据,虽然都建立在信息流基础上,可是规则确实难以制定,所以直到现在也是无法在短时间内实现"规纳"。

(写在候机的垃圾时间,实在是无聊,所以胡思乱想!)

老铁匠与茶壶

前几天翻起儿子的书《智慧背囊》，内容大都是一些小品文，随手看到了一篇文章，讲的是一位老铁匠与茶壶的故事。

老街上有一铁匠铺，铺里住着一位老铁匠，后来他改卖铁锅、斧头和拴小狗的链子等小铁器。每日铁匠就在门口摆摊，不吆喝，不还价，晚上也不收摊。你无论什么时候从这儿经过，都会看到他在竹椅上躺着，手里是一个收音机，身旁是一把紫砂壶。一日有人看到这把壶，愿出高价购买，老人拒绝；后商人几十万的天价购买，老铁匠当着众人的面将壶摔得粉碎。壶没了，老人又回到了当初的平静，每日都会看到他在竹椅上躺着，手里是一个收音机，身旁是一把搪瓷缸。

生活中诱惑太多，无论是车子、房子，或是手机、服饰都是我们的日用品，也就是一把或大或小、或贵或贱的茶壶，仅是生活的点缀和饰物，没有了也就是没有了，并不会过多地影响我们的生活。但是，当生活的天平被无端地打破平衡，再要回到起初的平静状态却是几乎不可能的。

生活中很多人都忽视了平静和安逸的价值，甚至自己也害怕被人认为平凡和平庸，在前行的过程中经常忘记生活的本质，往往变成物质的奴隶。物质要求低了，才能回归本义；忘记了茶壶的价值，才能真正体会茶的清香。

情感创新力

这些年我们提到最多的就是科技创新力，总以为科技实力的提升会带来社会的全面提升，事实却并非如此乐观。

不丹作为传说中"最幸福的国度"，其第四任国王旺楚克提出的令世人震撼的"GNH（国民幸福指数）"说被广为传播。不丹我是没有去过的，但单从别人写的游记中可粗略地见识那种远离了世俗，对传统情感的继承和创新所带来的震撼！

每每看到朋友聚会或家庭聚会上，大人和小孩都纷纷拿出被美国人咬了半口，剩了半口的各色手机和平板，又是自拍，又是微博，或是游戏，大家忘记了团聚的意义和感情需求。在这种传统的情感活动中我们变得无所事事和百无聊赖，不产生情感，也不创新情感。

对于微博和日志，我们最多的就是转载和围观，和情感无关；评价别人的日志和微博，使用最多的也是点赞，和情感无关；聊天时使用最多的也是"呵呵"等诸如此类和情感无关的词汇。

我时常憧憬那些没有科技的日子，一家大小围坐炕头，孩子们在打闹，女主人纳着鞋垫，男主人给孩子们讲故事；或是大家围坐在月光下，仅有的一块月饼被分成手指头大的若干块，吃完后还要将手中的饼渣一股脑地倒进嘴里；或是孩子们在玩着老鹰捉小鸡的游戏，大人们玩着自建的秋千。这些温暖的、富含情感的场景已经远去，情感被科技割离得血肉模糊，我们被物质麻醉着，活在科技织就的鸦片屋中。

我记得我写出的最后一封信是在1998年，以前还写过许多无关痛痒却饱含感情的信件，给父母家人，给同学挚友，有的写了只言片语，有的却写了很多，有的发出了，有的却根本就没有寄出，无论如何都有着情感的分量！我已经好多年没有群发拜年的短信了，因为从短信已经丝毫读不出情感和欣悦,仅仅是客套和礼节而已,一毛钱就省了吧。感情深的长辈,我会逐个电话问候,关系好的朋友,我会时不时电话骚扰。即使发短信,我也会逐个编好,单独发送,因为这是一种情感反馈!

马云说要建立基于人际关系的新型的商务模型,毕竟是商人,利润和商机是第一位。然而基于新形势下的新型的情感模型谁来关注研究,谁来平台运营,谁来创新激励,也许会有人吧!

也论时空穿越的可能性

曾经看过一些时空穿越的美国大片,被其中奇幻的穿越情节所迷惑。我本意上是不愿意承认这个命题的,或者认为时空是一个顺序的、线性的序列,这也是大多数人的基本认识。前几天和一位朋友聊天,他说经常会预知某个未来时刻将要发生的事情,或者说现在发生的事情他在以前某个时刻曾经在脑海中显现过,或者梦到过。不觉中对时空穿越感兴趣了,进行了一些思考,或许在多年以后时空穿越会变为现实。

(一)高维看世界

一般我们认为我们生活在一个四维世界,处于一个由位置和时间决定的空间中,再加上我们的主体信息,我们最多处于一个五维世界 $P_K(O, X_k, Y_k, Z_k, T_k)$,即表明对象 O 某时在某地处于某个状态。我们总是认为时间是个线性序列,认为 T_{K+1} 是在 T_K 之后,$P_{K+1} = S(P_K, Delta)$,S 为系统函数,Delta 为扰动因子。那么这是一个单向反馈系统,今天的状态部分由昨天的状态决定,而今天的状态不可能对昨天的状态产生任何影响。即童年可以影响晚年,但晚年不能影响童年。

我们将维数提高,设 $P_K(O, X_k, Y_k, Z_k, T_k, U_K)$,在高维空间中也放弃时间是线性(先后)的假设,$P_{K+1}$ 和 P_K 同"时"存在,则 P_K 和 P_{K+1} 可以存在双向的信息反馈,我们就不仅知道昨天的事情,而且知道后天的事情。有如我们在传统的认识中可以知道异地的消息一样,我们可以知道异"时"的消息。

当然在目前的认识中对以后的消息我们无法准确地获知,但可以通过特定的手段进行有限的预测。某些有特异功能的人或者先知可以准确地获知今后某个时段的消息,说明这种异"时"双向的沟通并非易事,可能存在某种限制,只是这种限制还没有被我们发现和掌握。

从这个意义上说,既然信息可以在时空中穿越,那么主体也可以在时空中穿越,或者同时存在在不同的状态中。其实,这里面还有一个假设:一个主体在某一时刻只能存在一个状态,如果我们也放弃这个假设则会出现分身术,即我现在在西安,也可以同时在北京。这个比时空穿越还要高级,时空穿越只是从一个时空状态跃迁至另一个时空状态,而分身术则从一个主体状态跃迁至另一个主体状态,也就是可能出现在办公室上班的同时,在电影院陪朋友看电影。

(二)命由天定

这样一个很可怕的事情就会出现:命由天定。即我们在出生的时候所有的一切便会和我们的出生同时存在着。我们的童年和我们晚年同时存在着,我们大概都只是上帝的一个"产品",有明确的使用功能和使用寿命,有了这样的假设,我们的奋斗还有必要吗?

事实上我们在所有的系统中都增加了一个扰动因子,即过去可以影响现在,但不是决定现在;反过来未来影响现在,但并不能决定现在,所以奋斗仍是有意义的。

上帝在制造他的"产品"时,在使用手册中规定了若干规则,并对产品的寿命进行了预设,然而产品的具体状态不仅和出厂时的状态有关,还和使用过程中的细节因素有关。所以说上帝只设定了宏观的、概况的信息,细节的、具体的信息由个体自己决定。

所以命由天定未必全错,但也未必全对。

(三)时空穿越

在很多的宗教著作中,讲究轮回。从人空间变换到地狱空间,或者天堂空间,如果你做了善事,就会进入天堂空间;做了恶事就会进入地狱空间。

这个理解起来简单。我们在人空间积累了足够的正能量,便会跃迁到高级空间——天堂空间；如果负能量积累多了，便会降级为低级空间——地狱空间。所以因果轮回并不难理解。

从相对论的角度，一个个体可以借由某个高能的设备完成时空的穿越，犹如我们利用火箭就可以完成月球旅行，但个体的思想（存储在主体寄存器中）不应随着时空的穿越变得隔离和片断，虽然别人不认识你，但是你始终认识你自己。

也就是即使我们穿越到清朝，你还是会上网，你的 QQ 号和微信号依然存在。

以上都是胡思乱想！

关中方言考

（一）御麦与御面馍

小麦和玉米是关中一带最为重要的粮食作物。记得小时候，粮食紧张，小麦面粉紧张，所以经常吃"搅团"和窝窝头。陕西关中一带将"玉米"称为"玉（四声）们"，"玉"的音好理解，似为音变，那么"米"的音呢？而关中将小麦简称为"麦"，音为"们"。后来查阅了相关资料才搞清楚对应的汉字应为"御麦"，原来这一发音历史悠久。

玉米在明朝的文献中称为"御麦""玉麦""番麦""西番麦""玉蜀黍""玉高粱"，原产美洲。16世纪时传入我国，我国文献中，杭州人田艺蘅的《留青日札》最早记载了玉米。书中说："御麦，出于西番，旧名番麦，以其曾经进御，故曰御麦。干叶类稷，花类稻穗，其苞如拳而长，其须如红绒，其粒如芡实，大而莹白，花开于顶，实结于节，真异谷也。吾乡传得此种，多有种之者。"玉米传入后，首先是从山区开始种植的，到明末，福建、浙江、云南、贵州、广西、河南、河北、山东、甘肃、陕西等地都有种植。

玉米初入国内，为皇家贡品，称为御面，平民百姓难得一见。后因玉米产量高，适应性广，所以很快在全国各地推广，逐渐淡出皇宫。

清末八国联军进攻北京，慈禧太后与光绪帝等仓皇出逃，当日夜宿京郊西贯市村。当地给饥肠辘辘的慈禧、光绪及臣工人等煮鲜玉米吃。稍后，村民奉上蒸熟的玉米面窝头。经过长途颠簸、水米未进的慈禧，何尝如此饥饿过，此时也便不顾威仪，捧着热腾腾的大窝头，甚觉可口。于是便问这是什么做的，李莲英答曰，这是棒子做的。太后听罢言道：这么好吃的东西，为什么叫棒子，改叫"御米"吧。从此棒子有了御封的新名，久而久之，便写作了"玉米"。

所以,根据这些资料,"玉门"应为御麦,"玉面馍"应为御面馍。

(二)"倭也"与"嫽"

倭也,这是关中,特别是富平一带人日常爱说的一个方言词语。细究起来,它的含义很多,现列举几个:(一)指人漂亮,娇美。如:"你看伢小伙娶的媳妇多倭也!"(二)指事情办停当,令人满意。如:"那人心细,活做的倭也,没啥弹嫌的"!(三)指屋舍整洁入眼。如"你伢娃把屋子拾掇得多倭也!"

外地人对这个似乎土气的词语多不理解,但考其渊源,也较悠久。宋代人编的《广韵》中解释道:"倭,顺貌",即是"平顺的样子"。其意思与关中方言中的"倭也"大致相同,只是关中人在言谈里因所指对象不一样,而出现了多义现象,实际上仍是《广韵》所说的"顺貌"的引申或扩大。

关中一带,常说"嫽","嫽得太"。嫽是古字,最早甲骨文就有嫽,后引用为美好、畅快。说女孩美貌、聪明,加女字旁。说火光大加火字旁。"嫽"状人美是很早的。《诗经·陈风·月出》"佼人僚兮",有一种说法称"僚"通"嫽",即美人多漂亮啊。后来这意有了转化,就是"美好"的意思。西汉时杨雄写的《方言》说嫽就是好。我国青海一带也把好叫嫽,可见说"嫽"的不限于陕西。今天的山东、江苏一些地区当时也这样说。

(三)"乡党"与"屋里人"

乡党一词,得从古代的民户编制说起。"乡"和"党"都是我国古代的民户编制。据我国第一部断代史《汉书》记载,"五家为邻,五邻为里,四里为族,五族为党,五党为州,五州为乡。"换句话来说,五百户为党,一万二千五百户为乡。"乡""党"二字连用,指乡里,也就是同乡的人,随着时代的推移,乡、党这样的农村行政区域单位不再使用,但"乡党"这一称呼却延用下来了。

关中人,常把已婚妇人叫"屋里人"。如:"你屋里人这几天咋没见?""俺屋里人这几天熬娘家去咧!"把妇女叫"屋里人",其渊源虽无法考证,但在很大程度上与劳动分工、"男耕女织"的出现有关。过去的农家,男的在田间劳作,女的在家中纺线织布,内外分明,各执其事。久而久之,关中大地上便出现了把男人叫"外头人"、把女的叫"屋里人"的称谓。

"屋里人"一词,早已进入文学作品。以《红楼梦》为例,其九十回有,薛蝌想:"……然而到底是哥哥的屋里人",第一百二十回有,袭人想:"……其实我究竟没有在老爷太太跟前回明就算了你的屋里人。"以上引例中的"屋里人",含义与关中方言里指的已婚妇女的含义大致相近。

(四)关中方言

自西周建都陕西始,关中方言被称为"雅言"。《诗谱》载:"商王不风不雅,而雅者放自周。"《论语》记载孔子教子时说:"子所雅言:诗、书、执礼皆雅言也。"《论语骈枝·释雅言》曰:"夫子诵诗、读书、执礼必正言其音。"可见在周朝雅言作为国家标准语言,已远及山东等地。西周王朝全面普及雅言在《周礼·秋官·大人行》中有重要记述:"……王制曰:五方之民言语不通,嗜欲不同,达其志,通其欲。"为此,王朝定期召集各诸侯国雅语推广人员进行语言文字教范和语音训练,统一通用文字和发音标准,以"达其志,通其欲。"

关中方言在古代之所以作为国语使用,除了王朝一统天下的必然需要,其语调发音还有高雅、文雅、风雅、清雅、幽雅等大雅脱俗之义,娓娓道来圆润清丽,美妙悦耳,理应成为国家正音。今人之雅言已失去关西秦声之本色,秦腔高吼激越,言语粗犷奔放,说话习惯粗喉咙大嗓门,但仍不失为中国语言文化中的一支重要特色语。

寓言几则

（一）征服

一位登山者在登上珠峰后向他的父亲炫耀说："父亲,我征服了世界最高峰,我征服了世界!"这位父亲听后微微一笑,向儿子讲了一个故事。

从前有只虱子经过长途跋涉,终于来到了一个人的头顶,于是它在主人的头顶向世界大喊:我征服了人类。这时主人觉察到头顶痒,于是轻轻一下就捏死了这只虱子。

感想:人是渺小的,从来都不可能征服自然,顺应自然才能得心应手!

（二）蚊子的翅膀

有位学者提出了一种新的消除 PM2.5 的方法:在城市上空安装大量的太阳能电池板,发电后驱动高空空气泵,带动空气流通,从而消除雾霾!项目评审时有位专家讲了一个故事。

玉皇大帝觉得天庭酷暑难耐,于是群臣纷纷献策。太上老君说:让我的炼丹童儿来扇扇子。玉皇大帝嫌扇子太少,扇风太慢,不解暑。于是蚊子精说:可以让我的徒子徒孙来为大王消夏,我的子民无数,而且个个翅膀扇动飞速,不知大王意下如何? 君臣闻之皆笑。

后来不知道这个项目通过了没有!

感想:蝴蝶效应也只是偶然现象,蚊子的翅膀断然不能解决天庭的炎热。

（三）孤掌三长两短

有一武士脚上功夫了得,于是去少林寺挑战高僧。写下战书:单脚踢十人九死一生。山门口将其递与沙弥,少顷沙弥出,遂摇手,复返寺内。武士大笑少林功夫徒有虚名,说与师听。

其师曰:沙弥已复,孤掌出五指三长两短,出家人恐伤人三长两短尔。

于是,武士再也不提挑战之事。

感想:山外青山楼外高楼,高手在民间。

(四)党委、纪委和司法

《鹖冠子》中讲述了这样一个故事。魏文王问扁鹊曰:"子昆弟三人其孰最善为医?"扁鹊曰:"长兄最善,中兄次之,扁鹊最为下。"魏文王曰:"可得闻耶?"扁鹊曰:"长兄于病视神,未有形而除之,故名不出于家。中兄治病,其在毫毛,故名不出于闾。若扁鹊者,镵血脉,投毒药,副肌肤,闲而名出闻于诸侯。"

一党委书记引用之为廉政教育。党委是长兄,主要负责日常教育与防范,"未有形而除之";纪委是中兄,党员犯了小毛病,就早发现早治疗,治"毫毛"之病;司法机关是三弟,党员犯了大错,就必须动用法律重器手术治疗,"镵血脉,投毒药,副肌肤"。仔细品之,确是之。

感想:原来长兄是最厉害的。

几个佛教词汇

（一）世界

在梵语中"世界"原意为时间和空间的结合体。《楞严经》曰："世为迁流，界为方位。汝今当知：东、西、南、北、东南、西南、东北、西北、上、下为界；过去、未来、现在为世。"

（二）佛

佛是佛陀的简称，源自梵语 Buddha 的音译，意为"觉者"或"智者"，佛教为其增加了三层含义，即自觉、觉他和觉满。自觉指本身对诸法有了正确的认识和觉悟（普通人）；觉他指圣者用自己觉悟的真理去觉悟他人（菩萨）；觉满指佛陀自觉、觉他的智慧达到最高、最圆满的境界，是为"无上觉"。

佛，一般指佛陀，即释迦牟尼佛。释迦牟尼原名乔达摩·悉达多，释迦牟尼意为释迦族的圣人，他29岁出家，35岁悟道成佛。

后来逐渐有了药师佛、弥勒佛等。

（三）三宝

三宝指佛宝、法宝和僧宝，是佛教的基本信仰和教义，佛教的核心和基础。佛宝指圆成佛道的本师释迦牟尼佛，即最高的佛教领袖；法宝为佛的一切教法，即培养方案和教科书；僧宝指依佛教法修行、弘扬佛法、度化众生的出家沙门，即佛门学生。

（四）布施

万缘放下即是布施。布施分为财施、法施和无畏施。

财施包括以金银、衣食、医药惠施他人,也包括以体力脑力施于人。

法施指顺应他人的请求,传道授法,礼诵功德,回向众生,是为法施。

无畏施指凡促世界安宁、社会平定的活动都包含在内,如指明迷津、施医布药、调解冤恨、舍生取义皆为无畏施。

以身布施是最难的。真布施就是舍下自己最舍不得的,是一种自我牺牲。

(五)般若

般若,又被称为"波若""钵罗若"等,全称为"般若波罗蜜多",是巴利文的音译,意为大智慧,指洞视彻听、明了一切的无上智慧。

般若智慧包含五种,实相般若、境界般若、文字般若、方便般若和眷属般若。

《般若波罗蜜多心经》又称《摩诃般若波罗蜜多心经》,简称《般若心经》或《心经》,是般若经系列中一部言简义丰、博大精深、提纲挈领、极为重要的经典,为大乘佛教出家及在家佛教徒日常背诵的佛经。现以唐代三藏法师玄奘(舍利塔安放于兴教寺)译本为最流行,鸠摩罗什(舍利塔安放于草堂寺)也曾翻译过。

新的，旧的

新的事物，在我们这个年代出奇的多，也特别的快，多得让人窒息，快得让人迷茫。新的建筑，新的马路，新的车子，新的潮流打扮；新的选秀节目，新的明星面孔，新的广告牌宣传标语。

于是我们追逐着新潮，从传呼机一夜普及到手机人手好几个，从 iphone4 到 iphoneN。上了车，大家纷纷拿出手机、ipad 等各色电子产品，看电子书、打游戏、聊微信、刷微博，新的信息世界铺天盖地地向我们涌来，我们随时都有被 out 的危险。

我们都处于一种忙乱、急促和焦虑中，被新的人、新的景象、新的观点、新的思潮所激荡，像洪流中的浮萍漂转，像空中的风筝摇晃。

于是我们开始怀念旧的东西。偶尔回到那记忆的角落，看看静止的时光和满是青苔的老屋，可是寂寞的心却在编制一个华丽的光环，写一篇博客，刷一下微信，告知所有人你的心路历程，不是炫耀，却失去了内心宁静。爬爬山，我们买了一大堆的专业装备，俨然是一个专业的驴友；跑跑步、骑骑车都成了一个专业的运动，为了装备而动，并非为心灵的自由。

我喜欢在天气不好的时候看看那些古迹，或是在雨中，或是在寒冷的冬季，经常偌大的景区没有几个人，你可以独自游荡其间，没有人声喧嚣，没有人影晃动，你在和千年前的气场交流互换，你可以安静地欣赏那些破败的橡木石碑，那些落叶的老藤枯枝，那些幽静的青砖小径。千年前古人在这里传经论道，讲道之声似乎仍然还在屋梁之上萦绕；清风树荫下先贤在这里品茗对弈，棋落之声还在石几前回荡。你只需敞开你的心扉，用最为敏感的神经触角感受那些古旧的人、古老的事，陈旧便在时光的打磨下越显得珍贵。我也去过很多的古城，做旧的建筑下满是商业的痕迹，少了份古韵和幽静，不去也罢。

我还喜欢逛旧书店。记得上学时西大门口摆摊卖旧书的老板还在大学南路开着一个旧书店,都过去了20年,老板还是那幅面孔。旧书大多是学生们的教材,但偶尔也会有一些旧书让人惊喜。旧书有自己的好处,非常便宜,看几眼不入心随手就丢进垃圾堆,没有任何的负罪感。再者旧书总是带着若干时代的气息,有的前面还有毛主席语录,印刷也都规矩,泛着黄或者有点污渍破损,翻开或许还有前任主人写的只字片语,或者夹着几十年前的一片红叶,你可以试着揣摩作者和前任读者写书和读书时的心情。先后淘过《中国古代建筑史》《甲骨文字典》《鲁迅书信集》等几本好书,如今都成了我的珍贵藏书。

新的技术,一如海浪,奋勇向前。从短信到彩信,从彩信到微信;从电脑到笔记本,从笔记本到平板电脑;从书籍到电子书,从电子书到有声书,我们一直被新技术簇拥着,推搡着,不知不觉中我们的生活习惯、娱乐习惯、阅读习惯都被绑架了。

我一直很少用微信,可能自己愚笨无法用短短的几十个字写东西,总喜欢啰里啰唆说一大堆才能说清楚。苹果的手机竟然不会用,微博的密码都忘了,MSN 的用户名和密码也都忘了,唯独 QQ 还一直在用。

前几天有个好朋友来,顺便从机场带他去了汉阳陵。在我看来阳陵在西安的景点中是非常有特色的,既有宏伟的外形,也有内部细致的现场感;既有丰富的历史背景,也有所谓的民间传说。所以,没有请讲解员,自己按照自己的思路讲文景之治、讲汉代的墓葬形制和汉代的文化,尽管自己知识浅薄,听者倒也满意,总算没给老刘同志丢脸。

这个世界,新的东西让我们着迷,不久新的东西也将作古,被更新的东西替代,也许连我们也都会变成旧的东西,任由别人品评。旧的东西承载了厚重的历史,任由时光磨砺,终究被铭记或者消失踪迹。新事物推动社会进步,旧物件记载历史痕迹,这许是新旧的功用吧。

寺 庙

一直对佛陀和寺庙抱有崇敬和神秘感。前几天早上用完早餐一个人去了趟辽源的弥陀寺,好像也是净土宗的寺庙。寺内设有释迦牟尼、东方药师佛、西方阿弥陀佛以及文殊、普贤、日光、观音、大势至、地藏菩萨等佛像。新修得后殿正在建设,弥勒佛法相高大威严。山门修得很是特别,不知是整修的原因,还是这里是尼僧寺院的缘故,平时只是开一扇小门,大门紧闭。里面诵佛之声悦耳,供佛之香缭绕,愈显得寺院的幽静,此是上好的静修之地。

抽空去了趟南郊的香积寺,此是净土祖庭,乃弟子为纪念净土宗二世祖善导大师而修,寺内有大师的舍利塔,有石碑若干。近日正在举办佛学讲学班,有初级班和中级班,讲习佛法,学者不乏年轻学生。石碑中有不少精品,任法融道长书曰"佛道同源 道僧不二",有名家书之"世缘大悲 同体大慈"。

初粗读《印光大师精要法语》讲记,始知净土一宗炼修特别法门,强调仗佛力,即可往生成佛,只要真信切愿。是为"净土一法,专仗佛力。不论断证,唯恃信愿"。

风未动　心已动　情自生

一日,印宗法师为众僧讲法《涅槃经》,忽一阵风起,经幡飘动。于是二僧辩之,一曰风动,一曰幡动,议论不已。六祖惠能曰:风未动,幡未动,仁者心动。

风动,树木飘摇,经幡欢动,心可以不动;经幡动,哗哗作响,因风而起,因风而止,心亦可不动;心不动,风奈何。心不动,何来幡动。

风动是因也是果,因之心动,所以幡动;幡动是果也是因,风动所以树木摇,经幡动。幡动而声响,声响而扰心动,是为因果相生;心动所以风云起,风嘶雨吼,电闪雷鸣。心静时辉光普照,风平水静。此心乃仁者之心,仁者心动,慈爱之情自生,爱人、怜物,推己及人;此心乃自然之心,自然而动,物不喜极,己不悲愤,静定、平息,安然处事。

旧时赏莲,莲亭亭,风平水静,独蜻蜓落于其上,仁者已然为之心动;或于夏日捧书细读,屋外风雨大作,仁者之心静寂默然。

于是风动否,心动否,情自生。

关中小故事：韩信"惯娃"

韩信学成后初投项羽门下，但是不被重视。项羽的谋士范增得见韩信后劝诫项羽，要么重用他，要么除掉他，但是项羽不听。韩信偶遇萧何，萧何见其是旷世奇才，推荐他去找刘邦。这事被项羽得知，他决定杀掉韩信，但是韩信得信后逃跑，项羽就骑上快马去追他。

眼看越追越近，恰巧路边有一个山村顽童在大树上掏鸟窝，他在树上对着韩信撒尿，韩信抬头一看孩子，就对这个孩子说："这娃尿得好，尿得真好！我正跑得热得不行咧，你这尿凉快得很，来，给娃几个铜钱买糖吃。等嘎，后面那人过来，你再给他尿一泡，他会给你更多的钱"。孩子听后大喜，而后韩信继续逃跑。不一会儿，项羽就骑马跑到这里，他也跑得很累了，也在这棵大树下喘口气。突然，一股热流浇在他的头上，项羽抬头一看，顿时怒火万丈，说道："你个碎怂，敢给你爷尿，下来。"小孩听后以为要给赏钱，麻溜下树。项羽是个莽夫，杀人不眨眼，抓住了顽童，抓住他的两只脚，把他举起来撕成了两半。

如果某人做了错事，根据事情的大小，一定要受到批评、呵斥，乃至惩罚，如果不严肃地给其指明错误，那么，他就以为这事情是可以再做的，迟早会受到致命惩罚的。

人与人有利益冲突的时候，本性才能显露。有人活了一辈子还是没有明白，处处与人斗、与天斗，其乐无穷，干了许多吃力不讨好、损人不利己的事情。有些时候，道理貌似很简单，甚至三岁孩童都懂，但置身事中，浑浑噩噩者大有人在，不明事理者亦不乏其人。

水的精灵

"起初神创造天地。地是空虚混沌,渊面黑暗;神的灵运行在水面上"(圣经《创世纪》),而后第一日便有了光(昼夜),第二日便有天(空气),第三日有了海和青草、果蔬,第四日有了太阳与星宿、节令,第五日有了雀鸟和水禽,第六日有了虫兽牲畜和男女,第七日造物完毕,修养安息。

神创造万物的基础便是天地和水,水是万物的源,万物的灵。"上善若水",水是媒介和渠道,是善的具象和描述,离开了水便没有了万物。

我们一直都是超理性的,没有信仰的支柱,失去了灵的眼、慧的根;没有了轮回和精进,业障丛生;没有忏悔和修业,散乱无序。过于理性,我们这样解释水:"是由氢、氧两种元素组成,常温下呈液态,无色无味。"我们只是认为水是我们的生活必需品,水是客观的存在,静态、没有思维。

今天我看了一本《水知道答案》(据说后来被证明实验结果作假),人从水而生,以水而逝。水是有灵性的,水会听、会看、会思索,以万象评说众生,以晶像显述正真。书的作者是日本的江本胜,医学专家,发现了水具有复制、记忆、感受、描述、传递信息的能力。

回想以前曾看到信息传输的新体制(或者设想),如气味、局部天气天象、水的灵性、色彩、情绪、噪声都可以作为信息的载体和渠道。看似虚幻,却也合理。

可能存在某种物质有情绪、有思想,可以与我们交流;能分辨善与恶,分辨美与丑,教我们崇真尚美;会怀念、会重构,源不同而道相异。不知道研究人员会不会找到这样神奇的物质呢?

回家的路

家,是熟悉的乡土,是母亲亲手煮的面条,是小时候的田间小路,是人生中最熟悉和最难以忘记的地方。离家的孩子总是惦记着回家的路,无论是古时忠君爱国的苏武,还是今世寄居印度的老兵,或是已经作古的司徒雷登。归家的路也许是几分钟,也许是几年,也许是几十年。总之回家了,心就安了,游子就归根了!

(一)十九年

苏武是武功人,在武功的历史中占据了重要的位置。20世纪80年代村里办的油毡厂采用的注册商标就是牧羊牌,足见苏武在武功人心目中的地位。"苏武牧羊""鸿雁传书"等成语也都是因苏武人所共知。

苏武字子卿,西汉平陵侯苏建之子。汉武帝天汉元年(前100年)以中郎将身份持节出使匈奴,在完成使命准备返回时,由于副使张胜秘密参与匈奴内部政变,政变败露后被羁留十九年。这十九年中,苏武两次拔刀自尽,欲杀身成仁,以维护国家和民族之尊严,后被救活。单于多次诱其投降,苏武不屈。后将其远徙至北海(据传在甘肃民勤一带,当地有苏武山和苏武庙),让他在那边放羊。苏武到了北海,匈奴不给口粮,他就挖野菜、逮田鼠吃。死活他不在乎,他最念念不忘的是,他是汉朝的使者。他拿着使节放羊,抱着使节睡觉,想着总有一天能拿着使节回去。公元前85年,汉昭帝派出使者来到匈奴,要求放回苏武、常惠等人。匈奴骗使者说苏武已经死了。朝廷后来又派使者到匈奴去,讲了鸿雁传书的故事,要求单于放回苏武。苏武出使时刚40岁,在匈奴受难十九年后他终于回国了。

与苏武同时代的卫律也曾和苏武一样是大汉出使匈奴的使节,后投敌。和卫律身世相似的还有李陵。李陵是飞将军李广的长孙,善骑射,爱士卒,颇得美名。天汉二年(前99年)奉命出征,率五千步兵与八万匈奴兵战于浚稽山,最后因寡不敌众兵败投降。得知消息,文武百官都骂李陵,武帝以李陵之事问太史令司马迁,结果武帝认为司马迁诬罔,是想诋毁贰师将军为李陵说情,于是把他下狱施以腐刑。

最终李陵客死他乡,司马迁终成巨著,苏武爱国传世。三个人相同的时代,不同结局。这段历史应该被后人铭记,尤其"陵见其至诚,喟然叹曰:'嗟乎,义士!陵与卫律之罪上通于天。'因泣下沾衿,与武决去",英雄之惺惺相惜跃然纸上。秦腔《苏武牧羊》是一出家喻户晓的秦腔传统剧,李陵劝降苏武就是其中的经典唱段。

远远想起这段历史,画面感特别强,一位老人沧桑而又坚毅,在夕阳下持节而立,面向故乡的方向,低吟着故乡的歌谣……不知今后有没有人会把这段历史变成电影?

(二)五十四年

2017年元宵节,滞留印度五十四年的老兵王琪终于回到了故土咸阳!王琪,陕西乾县人,生于1937年,1960年参军入伍成为一名解放军战士。1962年年底,王琪在中印边境失踪。二十多年后的1986年,王琪突然从印度一个村子里给陕西老家的哥哥写来一封信,说自己这些年一直在印度,且已经成家有了子女。三十多年来,王琪依靠书信和电话同陕西的家人保持着联系,也一直在为能回家探亲做着各种努力。

原来当年中印边境战事已经基本结束,王琪所在部队是负责修路的。1962年12月底的某日,他出营地办事,结果在森林里迷了路。后来见路边有一辆红十字车,于是上前求助,结果被交给了印度部队。后来印度部门又把他交给了有关部门,他在监狱里待了近七年,直到1969年才被释放。由于无法回国,他就只好在当地村镇的面粉厂打工,后来和当地女子结婚生子。由于自己是生活在印度的外国人,身份一直不明朗,他经常被当地人欺负。每当受到委屈和不公正待遇时,他就特别想祖国,想陕西老家。"我如今最大的愿望就是在有生之年能回到陕西老家去!"

最终在家人和外交部的协调下,84岁的老兵终于踏上了故土,至此老人终于圆了归家的梦。

(三)五十九年

司徒雷登在自传《在华五十年》开篇即写:"我一生中大部分的时间以中国为家。精神上的缕缕纽带把我与那个伟大的国家及其伟大的人民紧紧地联系在一起。"大多数中国人认识这个名字是源于《别了,司徒雷登》这篇中学课文,当时的司徒雷登是美国驻华大使。而司徒雷登的另一个身份燕京大学校长,却更为人所熟知。

他的父母是传教士,他在杭州出生,一直长到11岁,能说一口流利的杭州话。1887年他回到美国,1893年考入汉普顿悉尼学院。1896年他大学毕业,到母校潘托普斯学校当拉丁文和希腊文教师。1899年入弗吉尼亚协和神学院读神学。他在自传中回忆,在第二个学期他感受到要去中国的召唤。最终,他决定以一生来回应这份召唤,于是才有了后来四十五年的在中国的经历。

1919年司徒雷登担任新成立的燕京大学的校长,他是燕京大学的创始人和主要领导者。1922年,他又为燕大找到清华园对面未名湖畔的新址。为了新校舍,他披荆斩棘,聘请美国著名设计师墨菲按中国文化理念设计建筑,建成了当时中西合璧的美丽的燕园。在燕京大学初创时期,燕园之内已经是名师云集,国文系有顾随、容庚、郭绍虞、俞平伯、周作人、郑振铎等人,历史系有陈垣、邓文如、顾颉刚等人,哲学系则有张东荪等名宿……名师出高徒,雷洁琼、冰心、费孝通、侯仁之、王种翰等等,都是那一时期的学生。

从1919年筹办燕京大学到1946年出任美国驻华大使,除了1941年后被日军关押的四年外,他的身份都是燕京大学校长和教务长。据统计,从1919年到1952年,燕大办学仅33年,但注册的学生达9988名,为中国培育了一大批高水平人才。

1949年4月,解放军攻占南京,他没有随国民政府南下广州,选择了留在南京。1949年8月2日,由于美国在华政策的彻底失败,司徒雷登不得不悄然离开中国返回美国(其中细节在高晓松的《鱼羊野史》中有提及)。1962年9月19日,司徒雷登因病去世,终年86岁。

1955年8月1日,司徒雷登曾留下遗嘱:"我指令将我的遗体火化,如有可能我的骨灰应安葬于中国北平燕京大学之墓地,与吾妻遗体为邻;我并指令,如果此种安葬证实不可能,则上述骨灰可安葬于其他任何地方。"2008年11月17日,司徒雷登的骨灰安放于杭州半山安贤园,墓碑上写着:"司徒雷登,1876—1962,燕京大学首任校长。"

1949年离开中国,2008年又回到中国,归家的路走了五十九年。

在路上

有个朋友 QQ 签名是"在路上",当时觉得很有个性。

记得一段很有中国特色的问答。

"你去哪?"

"出去一下。"

"干什么去?"

"办事去。"

"什么时候回来?"

"办完事情就回。"

问者问得乐呵,答者答得欢喜,确是一段废话。

其实我们何尝不是这样,空空里来,空空里去。

在路上,每天,每时每刻都在路上,去往前方的路上。

有的路是自己喜欢的路,所以走得喜悦,尽管艰辛。

有的路是别人的路,却不得不走,像头牛,走路不是为了自己。低着头只管走就是了。辛苦不辛苦只有牛自己知道。

有的路起初是自己的路,走着走着,便成了别人的棋子,走别人的路,习惯了就好。

每个人都想别人按照自己的意愿走,孩子走父母设定的路,下级走上级设定的路,年轻人走老人设定的路,于是社会就有了纲,有了序。反叛就产生了,孩子们出走,下属们背叛,青年们非主流。

在路上的状态有很多,有人哼着山野小曲,尽管没有票子,没有房子,更没有车子和帽子;有人兴奋得像个骡子,尽管肩扛手抱,好像世界整个都是他的;有的人低着头,像一只茄子,颓废着,迷茫着;有人高喊着像个叫驴,呼天抢地,回头还是乖乖地推磨拉车;有人……

路也有多种,平坦,一日千里;也有悬崖峭壁,纵使十年半载,难挪半步;路是没得选,但至少可以选择路上的状态,或喜或悲,或痛或快。

走 路

北方地形多平坦,所以北方的路多是井字形,只需要记住方位,寻找起来特别方便,但是必须要有良好的方位感。对北方人来说,别人问路习惯说向东多少米,向南几里地;南方地形比较复杂,不是依山就是傍水,高高低低,所以路也就随着地形曲曲折折,路的走向很难有正南正北的,而且方向随时都在变化,所以南方人多以左右描述。

走路看似是一件最平凡的事情,天天在走,从黑走到白,又从黑走到白。走有两种状态:有目的的行走,和无目的的游走。行走必须是在特定的时间下完成从甲地到乙地的过程,三个要素:起点,终点,时间约束。如上班,每天必须8点从家出发,8点半到单位。行走多是为生活所迫,带有太多的功利性,因此毫无景致可言,即使路边的野花开了又败,也丝毫不会引起我们的注意。

游走却没有了这些束缚,可以没有起点,随时背起行囊就可以出发,或者孑然一身,只有心灵做伴;也可以没有终点,日落而息,在路边的草丛中树起帐篷,数着天上星星入眠;也可以没有时间的格子,累了就停止,来了兴致就继续。游走需要境界,不是所有人都能或者都愿意在钢筋水泥的围城里游走。

有一位同事每周都会出去走,这位"驴子"已经很专业了。我曾多次央求他游走的时候带上我,可是每次都未能成行,其实我的装备也非常齐全,可就是缺了一颗不羁的心。没有境界,什么都是枉然。

绿茶、咖啡与酒

茶有灵性。长在深山老林,纳云吐雾,呼风济雨,嫩而不娇,绿而不艳。须晨雾中采摘,于文火中升腾,而后曝于骄阳,有形有色而味淡。所以雅士儒者多饮茶,坐于茅舍中,饮于东篱下,独饮,或邀一知音,一壶茶,一缕清风拂面,甚是享受。茶中绿茶,形美,如一婀娜女子,翩翩而动。水色轻盈,香味清淡,不急不躁,不温不火,适于独饮。

咖啡产于异邦,味苦,多与方糖、奶沫为伴,须不断搅拌。始为提神之物,后多为小资爱宠。Cappuccino 口味浓郁,配以润滑之奶泡,颇有汲精敛露的韵味。适于独饮或情侣,时光停滞,乐音缭绕,斜阳掠过,雅致而不失时尚。

酒,最为久远,味烈驱寒。骚人墨客多喜饮酒,斗酒诗百篇。啤酒量多而无内涵,红酒过于妖娆,所以此二者不能称之为酒。酒不能独饮,须邀三五狐朋狗友,兴高处唱古论今,声高处呼天喊地。官场之应酬不能算饮酒,称之喝酒为宜。饮酒不拘场所,或于市井小摊,酒不必贵,花生米榨菜佐之;精致一点,饮于家中,取多年老酒,或坐或躺,或笑或骂,言不必雅,形不必端。

静则饮茶,闹则饮酒,夜则咖啡,人之三态。不静则乱,不闹则滞,中间则是常态。喝喝茶,饮点酒,端一杯寂寞忧郁的咖啡,人生足以。

关于成功

近日看到一位院士说的一句话,很具哲学性。他说:如果你一辈子干了一百件事,都成功了,那说明你根本就没有成功,因为你干的事情都是你能力范围之内的事情。乍一看,有些矛盾,但是事实上也是如此。你干第一件事情获得的成就感很大,但是随着成功事件的增多,单位事件的成就感单调衰减,最后你就麻木了,成就感的边际效应为零。或许这些事件对于你来说太简单了,比如一部长达 90 分钟的《叶问》看了 5 分钟就知道了结局,便索然无味。

香农(Shannon)的熵理论中最不可能发生的事情才意义最大,最需要注意。于是在我们的道路上出现了这样或那样的不确定性,让我们高兴或痛苦,兴奋或忧郁,爱或恨,忠诚或背叛,穷困或富裕,灿烂或黯然,但有一点是不变的,那就是时间留在我们身上的印记:我们老了!生命之美就在于不确定性(Uncertainty)和无法重复(Nonrepeatability)。

有些不确定性是上帝设置的,我们无法预知,也无法改变,只能适应。譬如灾害,譬如天上掉金子,也对大家都是公平的,所以对于个体的差异不会很大。还有一些不确定由于我们而起,也因我们而止,在我们掌控之内,不同的处理便会差异很大。俗语说"男怕进错门,女怕嫁错人"。其原因在于有很多"门"可以选择时,正确的职业选择对于男人非常重要;女人,尤其有资本(容貌、经济等等)的女人可供其选择的"人"很多,所以女人老说:后悔嫁给你了,如果当年嫁给某某,就不会是这样。男人也会说如果当年下海(进某某公司,干某某大事),就不至于沦落到这种地步。其实任何时间可以重来的假设都是不可能的,是没有任何意义的。但是倘若能将这些信息反馈到以后,则很有必要,反馈神经网络总归比前向网络的效果好。

有人总喜欢和别人比,其实是没法比的。不同的决策主体,不同的时间,不同的环境,结果肯定是不同的。If I were you！总是虚拟的,是根本不可能的。和自己比,和自己的期望比更具有建设性,因为只有时间上的差异,其他的因素都是相同的。尽管人生不能重复,看看以前的自己或许会有收获。

　　看了史玉柱的传奇经历,感慨他的魄力、骨子里不服输的那种霸气。人生上半场很辉煌,瞬间跌落到"地狱",从地狱又一步步上升,再次赢得了比赛。很有悬念,很刺激！

越 位

　　林是校足球队的前锋,人长得不帅,但也不算丑,言语也不多。他最有感觉的时候便是在球场,那时的他神采飞扬,俨然是球场上的精灵。

　　楠是中文系的女孩,文静,偶尔写写文字。就是她每场球都不落下,固定的位置,从没有变化,也从没有歇斯底里的呐喊,只是安静地看着。

　　一天,和外校比赛结束,大家都散了。林轻微受了伤,慢慢地走着,楠也慢慢地跟在后面。林转过身,看见了楠,笑着说:"晚上,我可以请你吃顿饭么?"这时,他们还不认识。楠竟然毫不犹豫地答应了。

　　于是,林带着楠来到了自己的宿舍。宿舍散落着许多书,但不杂乱。林去做饭,很简单,蛋炒饭。嫩黄的鸡蛋竟也能炒得如此诱人,两人默默地吃着饭。终于吃完了饭,楠要告别了!

　　林说"我可以抱抱你么",声音小得连自己都听不见。楠轻轻地抱了抱林,然后像风一样地飘走了!

　　后来,每周的球赛,林都会留下来等楠,还是那句话,还是请楠吃蛋炒饭。

　　慢慢地,林知道了楠有男朋友在国外,楠也知道了林也有女朋友在外地的大学。

　　有一次,楠邀请林跳舞,林一点都不会,却也答应了。舞池里的楠和球场上的林是一样地让人瞩目,楠拒绝了其他人的邀请,教林跳舞,尽管林有些木讷。林拉着楠的手,轻轻地学着,唯恐踩了楠的脚。

　　舞会散了,林送楠回家的路上,他们都没有说话,只是快到家的时候,他们都说"再见"。然而他们却再也没有见过。

　　楠走了,林也走了。就像一阵风,没有了任何痕迹。

第四篇 凝视

猕猴桃

以前爬山的时候领队总是在地形险峻的地方指给我们看，那些开着白色或者黄色小花、叶片圆圆的藤类植物，就是猕猴桃。偶尔到了秋季，幸运的话，可以看到一些小小的、圆圆的、毛茸茸的小精灵，调皮地躲在茂密的树叶后。野生的猕猴桃只有核桃大小，硬邦邦的，即使摘回家，放上很长时间仍然坚硬似铁。只是待到熟软了，甜中略带酸，方才显出野生的珍贵品质。

据说20世纪初一位自愿到边远山区教书的新西兰教师回国时将猕猴桃的种子从中国引种到了新西兰，由于适宜的气候条件，猕猴桃很快在新西兰扎根，经过不断发展，出现了很多新的品种，口感也更加好，并且有了自己的新名字"奇异果"（Kiwifruit）！经过几十年的发展，新西兰逐渐成为"奇异果"全球最著名的产地。

我国虽然早在唐代就有人工种植猕猴桃的记载——"中庭井栏上，一架猕猴桃"（岑参诗），而且种植地位于关中眉县一带，然而大规模人工种植猕猴桃却是在近二十年，而且许多品种引种自新西兰。

老家的猕猴桃种植也是这几年的事情，由农业合作社统一承包当地农民的土地，安装相关的基础设施后反向租给愿意种植猕猴桃的农民，并且提供农技服务。二姐家利用空闲时间租种了两亩多猕猴桃，架下套种了时令的蔬菜。由于离得非常近，所以几乎每次回老家，我都愿意去地里看看，帮着干干农活。

春天，天气刚一放暖，果树的花便早早开放，乳白色的小花点缀在嫩绿的芽苞中。田野里尽是繁忙的景象，花多了要疏掉，又要人工授粉，还得及时施肥浇水。架下也会适时种上豆角、生菜、花生、西红柿、黄瓜等各种菜蔬，确保天天都有新鲜的蔬菜。

夏天,藤蔓已经逐渐占据了整个田地,这时候在田地干活已经不是一件惬意的事情,闷热无比,蚊虫滋扰,叶子也时常划破皮肤,而且必须在棚架下弯腰耕作,但看一眼枝叶下的果子,所有的辛劳似乎都是值得的。

秋季,瓜果飘香的季节,秋高气爽,沉甸甸的果实骄傲地挂满了枝头,齐齐整整地排列在棚架下,抬头一望,满眼都是幸福的"小猴头"。这时农人们似乎还是放不下心,担心收购的客商什么时间来,今年的价格如何。采摘的那几天每天晚上还必须有人在田间地头巡视,提防那些不劳而获的家伙们。唯有来了客商,商量好价格,大家伙互相帮忙卸完果子,数着到手的钞票才逐渐露出憨厚的笑容。这时的气氛才是最好的,到处都是果子,到处都是人,一派丰收的景象。

冬天的果树处于休眠状态,可是人们还得继续忙碌,施底肥、剪枝、平整土地、浇水,只是没有平时那么忙而已。

今年中秋节,二姐早早就打电话说留了几棵树的果子等我们回去自己摘。尽管今年果子价格挺好,二姐还是执意留了好多,我带了好几箱,二姐还给大姐、三姐留了些,给远在广东的几个弟弟妹妹也寄了些。我们带回西安的猕猴桃也都分给了要好的亲戚、邻居和朋友。反倒二姐自己家没留几个果子,甚至自己掏钱向邻居买了一些。二姐种的苞谷、红薯、南瓜、柿子、花生也都是你家分一点,我家拿一点,毫不吝啬。每每从家里返回西安,车里总是塞满了面粉、面条、蔬菜、瓜果。

村里九叔也送来两袋猕猴桃,专门嘱咐母亲一袋给我,一袋给大姐。尽管农村经济条件一般,但大家都愿意向左邻右舍没种果树的乡亲们送一点,分享丰收的喜悦。邻居们也都纷纷送几个毛桃给母亲,母亲也都乐呵呵地收下。

大舅在一个果园里负责帮忙,也分到了一些,于是也给母亲打电话说要送一些给我。母亲也是给我打了几次电话,说是让我回去取毛桃,其实更多的是盼望我们都回家团聚,她已经几个月没看到孙子了。国庆放假的第一天,我开车去取,大舅气色不错,虽然话很少,但对我们都非常关心。

猕猴桃，我更愿意称之为奇异果，外表虽然扎手，也不能即食，却是营养丰富。每一个果子都浸着农人的汗水，每一次传递都充满了浓浓的亲情、友情。

意 义

这是春节长假的第四天,宅在家,几本书。幸运的是春节前买的书也都如数收到,因而不会在长假闲暇的时光里感到无聊和饥渴。

类似化学实验一样,需要记录实验的时间、条件和结果。我一整天都在寻找一个合适的、让自己满意的题目,却在三联书店的两本书《工作的意义》和《婚姻的意义》中意外地找到了合适的名字,几近完美。

为半世的人生做一个小结,似乎是有意义的,至少于己也是一个交代。写的东西,不是为了传世,只是为了不辜负这半生的光阴。这篇文章的缘由则是因为一次对话,L君说我的人生是"干巴巴的"。仔细一想,可不是干巴巴的,有营养却未必有快意,有理想却未必有情怀,有信念却没有信仰,如何让自己人生的下半场精彩甚至"湿漉漉"就成了一个严肃的命题作文。

听说向出版社提交的选题通过了,突然有点忐忑不安,这些积攒了好多年的文字陪伴着自己过了这些年,尽管幼稚、胡扯、不着边际,却感动了自己,感动着自己走过的那些日日夜夜,不知会不会成为书架上的垃圾?

(一)

记得《约翰·克利斯朵夫》中有一段话:"你对这新来的日子抱着虔诚的心。……对每一天都抱着虔诚的态度。得爱它,尊敬它,尤其不能侮辱它,妨碍它的发荣滋长。便是像今天这样灰暗愁闷的日子你也得爱。"

浑浑噩噩的迷茫似乎是对未来日子的侮辱和不敬,心地平常而平静乐观地度过每一天,便是最真实、最初级的要求了。勤勉于当下,努力于今朝,修行于日常,便是极简单的。

有篇短篇小说《尼格尔的叶子》,讲述的是一个名叫尼格尔的画家的故事。他原本打算画一整棵的树,这棵树在他的脑海里已经孕育了许久,这个树的后面是"即将开启的国度,人们能够瞥见向远方伸展的森林和雪山"。这是一个宏伟的、令人兴奋的计划,可是由于种种缘故,不管他多么努力,他的画进展很慢。当他意识到自己快要离开人世时,他哭道:"这幅画还没有完成!"他死后,人们进入他的房子,发现了画布上唯一的一片"美丽的叶子"!

无论那棵树是否完成了,至少尼格尔确信那棵树他能感受到、猜想到!平凡人多数都和这位尼格尔一样,只完成了人生的一部分使命,无法令自己满足。但无论是一片叶还是一棵树,都是美丽的存在!

(二)

别处,源于法国诗人兰波的诗"诗人/生活在别处/在沙漠/海洋/纵横他茫茫的肉体与精神的冒险之旅"。"别处"字面的意思是另外的地方,别处有什么意义?远离熟悉的地方,就是别处。或者把自己变成别人,把自己的生活变成别人的生活也是一种特殊的别处。

别处,陌生而又神秘,诡异而又让人迷恋,理想而又无法立即达到。对于现实的我们,不满意、迷茫,整天打捞漂浮于现实以外的理想浮萍,所以我们无奈,却又不满足命运困顿,想努力去看别处的风吹月动,听别处的鸟鸣花谢,走别处的小径大道,思别处的天地生灵。

我们只顾着远离熟悉的地方,可是我们却连自己都不熟悉,何谈熟悉他物呢?

我们熟悉自己吗?这是伪命题。人生的三个问题"我是谁?""我从哪里来去向哪里?""我为什么存在?"一直就没有标准的答案,每个人似乎都有自己的谜底。

(三)

每个阶段都有苦难,每个阶段都有喜悦,无论是神还是人都无法改变这样的境况!

弟子问佛陀:您神通广大,为何还有人受苦受难?佛陀说:我虽有神通,但四件事情做不到:一因果不可改。自因自果,种善得善,种恶得恶;二智慧不可赐。要开智慧,离不开逆境,顺境只能使人堕落;三真法不可说。宇宙真相用语言讲不明白,只能靠实证;四无缘不能度。无缘之人,他是听不进好话的!

连佛陀都无能为力,何况普通的平凡人呢?

见过Z君,和Z君交流的时候他总是露着淡淡的微笑,眼睛里似乎有一层薄雾,看着远处的某点。那时的天气是冬季里难得的晴好,他的脸总是迎着太阳。Z君对七岁以前的事情似乎没有太多印象,只是知道那时无忧无虑,父亲是山村里的赤脚医生,兄妹五人,日子过得殷实,尽管小山村的他没有见过汽车和火车,尽管他小时候体弱多病。直到七岁那年的秋季,一场洪水冲走了姐姐,还没等家人从痛苦中走出,一个月后突发疾病的父亲也撒手人寰,一下子天塌下来了。他的二哥原本就有先天性心脏病,靠着父亲的治疗维持着宝贵的生命。父亲去世的几个月后,二哥也随父亲而去。另一个姐姐由于过度悲伤,结果精神出现了问题。短短的半年时间,家里的三个亲人先后离世,少不经事的他从那时起逐渐体会了人世的艰辛。

为了活命,母亲带着他们改嫁到了平原地区,继父家也有五个孩子,这样家里一下多了三个孩子,而且一个还需要治疗,继父也面露难色。他从熟悉的大山来到陌生的平原,陌生的家人、陌生的邻居、陌生的街巷,一切都变得陌生无比,他变得沉默寡言。继父偷偷将他扔到大街上,期盼有好心的人家把他捡走,幸好不知情的亲戚将他领回家,为此母亲和继父天天吵架。后来,有一次继父将他狠心地扔到了大街上,他一直在哭,甚至到垃圾堆里捡吃的,后来警察将他送回家。有一段时间,继父将他送到一个远房亲戚家寄养,由于性格内向,缺衣少食,他终于因为严重营养不足被送进医院。他这才被接回家,慢慢地大家也喜欢他了,他的话语也多了,上学的成绩逐渐有了起色。

十三岁那年,他被送到了外地上学,并在当地上了大学。毕业后他留下工作,在当地结婚,后来不知什么原因又离婚了。如今他回到了西安。

如果不是 Z 君亲口说的,我决不会认为这是真的,或许余华的《活着》和电影《我的兄弟姐妹》也都没有这么悲惨,而且都是"80 后"的他所经历的。他说:上帝给你关上了一扇门,必然会向你敞开一扇窗。他一直面露淡淡的微笑,似乎在转述其他人的故事。

我问他,你恨你的继父吗?他说他曾经恨,现在不恨,每次看望继父都是大包小包,今年过年继父还坚持给他二百元压岁钱。继父今年已经八十多了,也许当年继父也是无奈,现在或许继父心底还有许多的愧疚,然而每年一大家几十号人一起过年也是非常热闹。

他说明天会好起来的。我也这么坚信。

(四)

信仰和依靠本应该是一回事情,在我看来却是区别明显的两件事情。

比如,每次回到了老家,总是感觉无比放松,亲切的老母亲,熟悉的街巷,这里就是永久的避风港,无论有天大的困难和委屈,回到这里它们立即都变得无足轻重了。信仰就是精神的纯净家园,无论何时何地,面对信仰,人都放松了、归原了、本真了。

依靠,却无法真正依靠这些,只能依靠自身的努力和提升。即使老母亲慈爱的微笑给了我无尽的动力,尽管个人的力量总是微不足道,但我们还是奋不顾身地前行、探索、执着。

我知道这些从逻辑上说是矛盾的,甚至是无法解释的,然而我确实在按照这看似矛盾的两条线描画着自己的世界。也许有一天我会明白和开悟吧。

个性的存在

（一）你那边几点？

午夜，夏风习习，街上的车辆少了许多。一段沙哑的嗓音从电台里传出，你那边几点？这是一个栏目的名称，却是如此的清新和寂寞。

寂寞的人对寂寞总有一种独特的嗜好，犹如书生对旧书的钟爱，酒鬼总喜欢把酒言欢。

后来才知道那是一部电影，寂寞的人在台北、在巴黎寂寞地思念，缓慢地思念，思念故去的人，思念现在的人，思念别人，思念自己。把自己的钟表调成对方的时间，那该是多么刻骨铭心的寂寞？

最近朋友圈充斥了异地的风情，有繁华的京沪都市，有复古的欧洲城堡，有海边的夏威夷，有拥有圆顶建筑的马来西亚，有炎热的沙漠风情，还有不知名的小镇，我逐渐学会在朋友圈进行心灵旅行。

无论是现实，还是虚幻的网络；无论是影像，还是简洁的符号，都是一种心灵沟通。有人说汉语是一种高语境的语言，语义往往脱离了语言本身。网络上的每一个笑脸，每一个问号，每一声问候，都在提醒自己这是享受寂寞的时候。

你那边几点？

（二）爱因斯坦的小板凳

今年很多朋友的孩子都参加中考，有的成绩不错，有的成绩却比平常低了许多。几个朋友向我咨询，其实我也是一窍不通，只能祝福孩子们都能上一所理想的高中。一位朋友的孩子考得不错，他们却不满意。我说每一份成长路上的努力都值得庆祝。

记得小学课本上有一则这样的故事,伟大的物理学家爱因斯坦小时候在学校交手工作业时交了一个做得很糟糕的小板凳,老师很生气,老师信誓旦旦地说在这个世界上保证再也找不到更糟糕的小板凳了,但是我们的爱因斯坦同学从书桌里掏出了两个更糟糕的小板凳来。

这则故事现在读起来则有不同的寓意。让孩子做自己不擅长的事情只能挫败他的积极性和天赋,所以宁愿放弃也要孩子在快乐中成长;每个人都有自己的长处,所以爱因斯坦没有成为鲁班,而成为著名的理论物理学家。

儿子学过跆拳道、羽毛球、游泳、吉他和击剑,最热爱的还是羽毛球和击剑。学习击剑的几年里他逐渐克服身材上的劣势,快速、灵活、坚韧逐渐成为他的优势,每每看到生活中的小不点逐渐成长为赛场上的小选手不由欣喜。不服输、不放弃,他逐渐成了我学习的榜样。其实父母与孩子共同成长、共同成熟、共同分享,这样的成长才更有价值,这样的分享才更有乐趣。

(三)墉城邑的穿越

西安的城墙对于西安的意义犹如天安门之于北京、东方明珠之于上海。城墙蕴含着西安人的性格和印记,城墙厚重、持久、独立,所以西安人坚硬、倔强、个性。

城墙里的西南角,顺着马道巷有个小馆子,名曰墉城邑。墉城邑紧挨着城墙,似乎还能听见城墙上的巡更声或是号角声、厮杀声。墉城邑有两间小屋,一间做厨房,一间做餐厅,中间有一颗挺拔的椿树。

特色在于它的庭院,有石几石凳,有几株荷,有几尾鱼,有翠色的青竹,有朴素的蒲草,有混合着石榴花香的徐徐清风,有弥漫着古琴琴声的阵阵蝉鸣。这琴声可是明清的琴声,这清风可是唐时的清风?

餐食是极简陋的,几荤几素都是厨师随机上的,盛菜的是粗制的瓷碗,酒是壶装的,系上红布。外地的朋友来我多推荐此地,一则体现了陕西人的本性,二则卖弄了西安的风雅。有一位广东来的朋友,到此用餐后大赞长安之美,竟连夜跑去西安的旧书店里淘书;韩国朋友也惊奇长安城里竟有如此的好地方。

  温一壶黄酒,呼二三好友,三荤两素,一份老陕烩菜,便成就了丰盛的、穿越古今的夜晚。

生活不止诗和远方的田野，还有眼前的苟且

（一）

2016年4月29日，陈忠实辞世了！

我知道他的死是从万能的朋友圈上，一时间朋友圈到处都是转发的"陈老，一路走好"。作为一名普通的读者，我从不期望我认识他，或者在一些应酬的场合和他聊个只字片语，以此来作为我和作者相熟的谈资。对于一个作家，欣赏他的方式就是借着那些有生命的文字悄悄地走进他的内心深处。

五十岁的时候，陈忠实才写出自己第一部长篇小说《白鹿原》。

四十五岁的一天晚上，他与朋友在旅馆里喝酒，慨叹自己转眼已近五十，"人说没不就没了。""有愧的是，爱了一辈子文学，写了十几年小说，死了却没有一本垫棺作枕的书！但愿啊但愿，我能给自己弄成个垫得住头的砖头或枕头。"《白鹿原》无疑就是那垫在头下的枕头！

听说《白鹿原》是他独自在老家的祖屋中写就的。可以想象一位在农村待了几十年的人，对白鹿原上的农村、农民的思考必须放在白鹿原这一原址，和着浑厚的地气才能还原出一个逼真的、丰满的、立体的族群。他说，写东西就像蒸馍，必须有那个氛围、那股气，才能把馍蒸好，而祖屋的环境就是那股气。

陈忠实，自始至终都是一个农民。高中毕业后当过老师，做过乡镇领导，做过文化馆的副馆长，只有在《白鹿原》出名后才专职从事写作，才慢慢离开农村，这些经历都为他提供了源源不断的文学养料。他的相貌是传统的秦人形象，满脸的沟壑足够表现出他思想的深邃和理想的率真，在

把书稿交付给编辑时他说:"我连生命都交给你们了。"陈忠实,几乎在任何场合,都是陕西话,很少说普通话,继续维系着对母语的迷恋。

《白鹿原》写完之后,有一段时间他就像被掏空了一样,他的整个身心、体力、精力集中爆发,释放了他几乎所有的生命能量和创造力,就像一位孕妇在分娩后的虚脱!所以从这个意义上,《白鹿原》的诞生和陈忠实的消殒几乎是同时的。

陕西的三位作家:陕北的路遥、关中的陈忠实、陕南的贾平凹。他们已经成为陕西的文化符号。他们都是从自己的家乡展开他们的文化构架和哲学诉说。陕西的独特水土滋养了陕西的作家群体,所以他们离不开陕西的水土,身上总有浓厚的陕西味道和印记。

悼念陈忠实先生!

(二)

一提起"提起个家来家有名／家住在绥德三十里铺村／四妹子儿爱见那三哥哥／他是我的知心人……",几乎家喻户晓。

《三十里铺》是根据陕西绥德县三十里铺村发生的一件真人真事编成的,以四妹子王凤英送情郎三哥哥参军为原型。歌曲和他们的爱情故事很快传遍解放区,成为一段爱情佳话。

前几天在旧书店淘到一本《纸人记》,作者是陕北籍,所以他对陕北的剪纸、皮影、石头、纸人、唢呐、窑洞和面花等民间艺术都能从天地、神人的角度去解释,认为它们是和谐的存在,体现了阴与阳的互依,黑夜和白昼的轮转。陕北缺水,可是陕北的文化记忆中仍大量存在着鱼、龙、汪洋的痕迹。陕北是个有信仰的地方,无论当地的农民还是当时驻于陕北的党中央都心怀信仰。

民间流传的《三十里铺》大约有三十多段,还有几段只能在山里洼里唱,不能在人前唱。据说三哥哥(郝增喜)和邻居王凤英(四妹子)私订终身,遭到了保守的村里人的非议。于是,三哥哥的父母竟然包办了儿子的婚姻,让郝增喜和常秀英结了婚,为此凤英一病不起但仍拒绝嫁人。三哥哥参军那天凤英只能远远地看着别人为心爱的三哥哥送行,看着一身戎装的三哥哥渐渐消失在路的尽头。后来,凤英终究屈从了命运,嫁给了郝家洼的一个木匠。

其实这就是一个悲剧,无论是乡野小调的粗野,还是舞台上的煽情与粉饰都无法减轻对主人公以及他们家人的伤害。

原来歌里唱的和现实完全不一样!

(三)

不仅可以到处看看,还可以到处转转,只因为我买了一个地球仪!

这虽然是一个调侃,却道出了我们的病。

有朋友最近说联系不到我,看不到我的踪迹。事实上我是忙于存在,而忘记了存在!存在看似复杂深奥,其实却是异常简单。陈忠实的成功或多或少归因于他生活的质朴和他对精神的极致追求。

驴子在奔跑的过程中迷路了,不是它停止了脚步,而是它找不到路,尽管脚下就是路。

每个人其实都在谋划自己死后的枕头,尤其对于跨入新十年的人,这种使命和紧迫也显得尤为重要。

生活不止眼前的苟且,还有诗和远方的田野。

爱与喜欢

（一）

和 L 君聊天轻松、没有压力，充满了正能量。

记得有次和 L 君聊天，"我分不清爱和喜欢！"

细细地思考，确实很难区分爱和喜欢的界限，甚至我们经常混淆和等同这两个词汇。正如法国历史学家布罗代尔指出的那样："遗憾的是，社会科学的词汇几乎不可能有明确的定义。这并非是出于万物变化不居的缘故，而是由于大多数词语远非恒久不变，它们因作者而异地在我们眼前发展变化着。"

于是那次聊天之后我专门查阅资料，甚至加上自己粗浅的见解，试图剥丝抽茧，还原事物的本相。

有个网友的经典评论是：爱是心的距离，喜欢是眼的距离。

所以爱是近距离地参与、分享、融入、谅解、容忍；喜欢则是远远地赞叹、珍惜、体会、欣赏。但是人都是视觉动物，没有眼何来心？

也有人认为：喜欢和爱是同义词么？喜欢一朵花会把它摘下来，而爱一朵花则会给它浇水。讨厌和喜欢是反义词么？讨厌一朵花会把它摘下来，喜欢一朵花也会把它摘下来。

所以爱是付出；喜欢则是获取。爱意味着恒久、自觉、历久弥新；喜欢则散发清新、感触和不确定的持续。但是喜欢不全是摘花，爱也不全是浇水，没有付出和没有获取同样是不会长久的。

还有人说：爱是克制，爱一个人可以为他活下去；喜欢是放肆，喜欢一个人可以为他死。

所以爱是忍受痛苦，爱是想保护，怕失去；喜欢就是享受欢愉，喜欢就是想得到,想拥有。但是死和活都是为了同样的事情,孰对孰错?

史铁生写了一篇小文字,也提及到爱和喜欢。他说:"说真的,我并不喜欢我的家乡,可扪心而问,我的确又是爱它的。"还有:"不过,我的确喜欢家乡的美食,可细想,我又真是不爱它。"

也许这个命题本身就是值得思考的,没有人能明确地区分爱与喜欢,没有人能客观评价喜欢与爱,只有爱和被爱的、喜欢和被喜欢的双方是否适意于这种状态的存在。如果违背了初心,则这种状态自然会消失。

(二)

去年的冬天,妈一直和大姐一家住在一起。暖气很好,所以妈说这个冬天不太冷,事实上这个冬天是二十年来最冷的冬天。

农历腊月二十三那天,妈非要我将她送回老家,即使那天一大早就下起了大雪。不仅仅因为有亲戚家的老人去世了,更重要的是她要为每年一次的全家大团圆做准备,所以我理解母亲,理解她对家的认知和期待。路面异常滑,尽管那天的雪异常大,甚至爬一个不大的坡时车子都显得吃力和危险,但我也是心甘情愿地送母亲回到她所熟知的家乡。

每年春节我们都会和姐姐们准备好年货,大包小包塞满后备箱。其实带回去什么母亲并不关注,她更希望看到儿孙们都回来了,热热闹闹的一大家人聚在一起。

幸福其实很简单,幸福就是在一起。

对于家人没有喜欢不喜欢,我们只有不断地爱家人,没有选择。

(三)

我爱西安,尽管我不是土生土长的西安人。爱她的深沉和厚重,爱她那种散发出的浓浓的书卷气息,所以我尽力地研究西安、读懂西安,让自己成为西安一只默默无闻的蚂蚁,虽小却深爱着这片土地。

我喜欢西安,所以经常漫步在西安的街头巷尾,观察她,欣赏她,触摸她,感受她的风、她的雨、她的温度、她的气息,慢慢地和她一起享受老去的滋味。

颓败、软弱、等风及其他

（一）

最近抽空看了电影《老炮儿》，时间有限，所以只是看了故事的前半段。有人的地方就有江湖，有江湖的地方就有规矩。这种规矩可能无法在文字中显现，却在江湖中潜意识地流传继承着。

六爷对江湖规则的把握十分准确，甚至将其看得高于道德和法律。小偷得有小偷的规矩，问道得有问道的讲究。划车赔钱，借钱押房，打了脸得打回去，丢了面得通过打架找回面儿。在外人看来他就是一个落魄的老混混，在街坊看来他就是一个不愿低头妥协的大院子弟。

当一个时代故去，随之故去的还有那个时代的江湖规则，老规则在新规则面前显得苍白无力，尽管六爷还是那么帅、那么拽，但他毕竟没钱、没有地位，只有闷三、话匣子等几个已经成为历史遗迹的老朽陪着他玩。老炮儿们有的只是一副松松垮垮但划满刀疤的胸大肌，有的只是无畏赴死的胆魄，有的只是不甘认输的颓败。

"庙都拆了谁还留着神？"

（二）

闲时翻了翻《诗经》，不禁感叹老祖先的智慧与诗歌韵律的优美，同样的事情说三遍，而且不重样。

十亩之间兮，桑者闲闲兮，行与子还兮。

十亩之外兮，桑者泄泄兮，行与子逝兮。

夕阳西下，暮色欲上，牛羊归栏，炊烟渐起，似乎你就是那乡间小路上温软可人的女子，热烈而又素雅，奔放而又收敛。

想你呀真想你/实实地想死个你

睡到半夜我梦见你/梦见咱俩一搭搭里

我要拉你的手/还要亲你的口

拉手手亲口口/咱们俩个圪崂崂里走

听过陕北的信天游《拉手手亲口口》,几乎同样的场景,夕阳西下,暮色欲上,牛羊归栏,炊烟渐起,粗犷的黄土高原上系着白肚手巾的年轻后生同样表现出对爱情的向往,热烈豪迈,奔放明了,虽然歌词过于质朴,听起来也同样押韵顺口。

再听听秦军军歌嘹亮:

岂曰无衣?与子同袍。王于兴师,修我戈矛。与子同仇。

岂曰无衣?与子同泽。王于兴师,修我矛戟。与子偕作。

岂曰无衣?与子同裳。王于兴师,修我甲兵。与子偕行。

满是赳赳老秦人的雄浑尚武,慷慨悲壮,确是一首充满秦人精神的军歌。这样一波三折、一叹三咏的做法也只能放在《诗经》这样的古籍中,倘若现代人如此这般,早就让孙悟空一棍子打死了。

这些放在古时是美,现在就是啰唆了。

(三)

最近的雾霾着实让大家体验到了神仙的生活,每天都生活在云雾缭绕的"仙境"中,抬头看不见日,低头看不脚。大家习惯了在雾霾中等待,习惯了开老天爷的玩笑。

抛开让人窒息的雾霾,等风却是人生中最重要的抉择,尽管我们无法选择风力的大小和刮风的时机,却可以选择等风。

人的一生当中,有很多的事情我们起初以为是非常重要的,甚至认为它对一生都会有重大的影响。比如半岁的孩子就会说话,所以父母称之为神童;而当所有的孩子都会说话的时候,这个孩子就显得平常无奇了。

风的秘密在于你无法选择风,却可以选择停下匆忙的脚步,静静等风,等风从脸庞拂过,带着花朵的芬芳,带着泥土的清香,带着时光的积淀。

等风也是一种诀别的勇气。

（四）

软弱，原意是指身体衰弱无力气，不坚强。软弱，本身来源于恐惧、无助和不自信。即使六爷表面上看起来对钱不在乎、对命不在乎，事实上他的内心是恐惧的、软弱的，只是被所谓的江湖道义所迷惑，没钱也会厚着脸皮找话匣子，知道年轻人下手没个轻重也和他们打架。

人最软弱的时候并不是遭遇疾病和死亡，而是内心的无助。无论外表多么强悍的人，总逃不脱对生命的恐惧，总逃不脱心灵的软弱。好战的小布什虽然看上去是一个硬汉，但他曾经对记者说，我哭泣流泪是你想象不到的。前俄罗斯总统叶利钦在他的传记里写道，他夜深人静的时候也是痛哭酗酒，甚至伤了自己的身体。

无论是谁，他总要面对自己的软弱、孤单，总会感到孤独、无助。然而这种软弱，考验过了就会满血复活；过不去这道坎，就只能变成懦夫、胆小鬼。

软弱的时候，我们需要一种力量，一种温暖，哪怕只是积极的暗示，或者是某种信仰，我们需要它帮我们度过人生的低谷，逃离软弱的追杀。

软弱，发端于过于自信，让自我冲昏了头脑；一些小小的困难，变成了压死骆驼的最后一根稻草。我们只看到了最后这一根稻草，却不知压死我们却是那最初的、日积月累的稻草。

人生的意义

（一）

朴老师是一位儒雅的牧师。

"上帝能不能创造一块自己都搬不动的石头？"据说这是一对虔诚的夫妇问他的。其实这句问话在很多场合也听过，很多人都以为自己找到了一个逻辑上无懈可击的、所谓的把柄。其实我心底也有这样的疑问，我也曾沾沾自喜，以为发现了一个体系的漏洞。

"问题不是能不能，而是上帝为什么要这么做？"朴老师微笑着回答道。似乎是一招漂亮的太极推手，来时风急雨骤，去时却是天高云淡。

记得有个故事说一个屠夫最爱吃各种动物的舌头，经常以此为荣，并到处搜刮动物的舌头来吃，声称自己吃遍了所有动物的舌头。有一天，一位邻居说："有一种舌头你没吃过！"屠夫表示不可能。"你的舌头你肯定没吃过！"邻居说道。第二天屠夫真就变成了哑巴。

这是个愚蠢的笑话。

（二）

上帝创造了万物！上帝创造了人，有关上帝的话语就是圣经，圣经是人写的，给人看的，给人传播福音。

上帝也创造了蝴蝶，那会不会也有一本蝴蝶写的圣经，给蝴蝶看，给蝴蝶传播福音？

难怪庄周梦蝶，竟然分不清是蝴蝶在人的梦里还是人在蝴蝶的梦里。

神说："地要生出活物来，各从其类；牲畜、昆虫、野兽，各从其类。"（创世纪1:24）

神说:"我们要照着我们的形象,按照我们的式样造人,使他们管理海里的鱼、空中的鸟、地上的牲畜和全地,并地上所爬的一切昆虫。"(创世纪1:26)

也就是说人和蝴蝶是不一样的,所以我们要"各从其类",也并不存在蝴蝶版的圣经,所以也不存在人给蝴蝶传福音。

(三)

大冰,民谣歌手,禅宗弟子。

昌宝,禅宗弟子,大冰的师弟,佛门居士狗。

它是狗耶……

它不是狗是什么,是张桌子吗?

它是狗它怎么能皈依?

它是条小生命么?

嗯呢

那你是条小生命不?

我我我不明白您几个意思?

对喽,你也是条小生命,我也是条小生命,他也是条小生命,回答完毕,自己悟去吧。

缺乏平视的年代,禁不住屡生分别心。

茶,表敬意、洗风尘、示情爱、叙友情、重简朴、弃虚华,性洁不可污,为饮涤尘烦。所以顺时针倒茶,无分高低贵贱,是为茶节。

(四)

一只大象在吃草,旁边有两只蚂蚁正在辛苦劳作,终于费了九牛二虎之力搬动了一块"大山"。对于大象,这两只蚂蚁就是"无意义的存在"。也许一阵风就能将小石子刮回原地,也许大象的一个迈步就能将蚂蚁踩成尘埃。

两亿年过去了,大象也变成了尘埃。大象原本伟岸,现在也似乎成了

"无意义的存在"!

也许这两只蚂蚁经历了轰轰烈烈的爱情,成就了丰功伟业,也许它们坚信自己的存在背负了伟大的使命;也许这只大象只是平淡地吃草游荡,跟随象群四处迁徙,也许它们孤独地逝去只是为了证明自己的存在。

"子非鱼,安知鱼之乐?"

人生的意义,一千个人有一千个答案,但答案只有自己知道。

(五)

海德格尔是德国的哲学家。

海德格尔认为:人的存在是人的真正本质,这种存在是纯粹的、原始的、尚未被规定的。

在他看来,人一经卷入这个喧闹不息的大众社会,在追逐外物和舆论声浪的沉浮中,就把自己最真实的"存在"或"自我"忘得一干二净。

我们经常意识不到自己的"存在",海德格尔用"沉沦"一词来描述这种存在状态。与其说是社会压力从外部将个人拖入沉沦,还不如说个人由于内部具有一种倾向而投入沉沦中去。

海德格尔倾注了巨大的精力为迷乱的现代人寻找人生的终极意义,寻找可以依靠的归宿。这位无神论的存在主义创始人最终皈依上帝。他说:"哲学将不能引起世界现状的任何直接变化。不仅哲学不能,而且所有一切——只要是人的思维和图谋都不能做到。只还有一个上帝能救渡我们。"

(六)

前几天是西方的感恩节,感恩的目的在于总结和期许。我们该感恩什么?谁给了你财富?抑或谁给了你地位?

生命最重要的就是陪伴,感恩你给我生命的陪伴。

父母给了我们生命,陪伴了我们的童年,陪伴了我们的成长。后来,我们离开了父母,有了配偶,于是配偶陪伴我们走到生命的尽头。我们有了孩子,陪伴孩子,和他们一同成长。

有了朋友,朋友陪伴我们。有的朋友在转角处邂逅,又在下一个路口走散。有的朋友,消散了许久,又在不经意间出现在你的视野中。

想起之前看到的一段文字,见或不见,爱就在那里,不增不减;念或不念,情就在那里,不浓不淡。感恩你的陪伴,或长或短,或远或近。

人生可不就是一场陪伴。

变老也是一种美

早上六点多的街上还是漆黑的,路灯也是昏黄的。只有冬风吹动着落叶,在街上划动着,偶尔还会有吱吱的响声。已经有很长时间没有享受这份幽静了,竟忘却了冬天凌晨的寒冷。送朋友去机场的路上,几乎没有车子开动,只有远处的霓虹和无边无际的漆黑,一切都在熟睡,我则像一个冷眼的旁观者。

从机场返回的路上,收音机飘出舒缓的音乐,歌是极老的那种,平淡不激烈,却很有味道。微闭上眼睛,不知是醒着还是睡着,只是隐约中感觉到车子从漆黑中不断驶向黎明的晨曦,天空也逐渐有了亮色,路边的景物也逐渐鲜活有了颜色。

早安西安。我发了一条微信。我是很少发微信的,不知是发给自己,还是发给朋友圈。很少有机会欣赏到早晨的西安,此时的它恬静、低调。是不是西安也是一座进入中年的城市?年轻是任何人或者任何城市都经历过的,活力、躁动,而老却是很多人和很多城市没有经历过的。

(一)轮回

一位朋友说他前世是位西藏的僧人,当走在布达拉宫旁的一条小巷里,他有一种莫名的亲切感,眼前的场景似乎见到过,直到他触摸到那红色的墙壁时,他突然热泪盈眶。

我想无需质疑轮回的存在,轮回是必须有的,前世谁是谁的谁,今生谁又是谁的谁?

想起琼瑶小说里的一句经典对白:"书桓走的第一天,想他;书桓走的第二天,想他想他;书桓走的第三天,想他想他想他。"如果书桓走了百年,那光是"想他"这一词汇都能写一鸿篇巨制了;可回头一想,如果书桓真走了百年,谁还会想他呢?即使书桓轮回到了下一世,是男是女都尚且未知,谁又认识他呢?

轮回尚远,老却确实在逼近。

(二)变老的路上

每天都在变老,这是无法变更的规律。每天都一如既往的忙碌,几乎没有自我,没有思考,没有停歇,我不知道这样算,老的时钟慢了还是快了。每天都在忙碌,每天都看到充满朝气的年轻人,所以没有意识到快老了;听到一些新名词很茫然,歌也只是喜欢听老的时,才忽然觉得自己快老了。

到了该保养时身体的时候了。起初,在校园的操场上跑了一段时间,后来也是没有坚持下来;在健身房跑步、练器械都是慢慢坚持下来,尽管每周只有一两次。每次跑三千米下来,也不觉得太累,倒是觉得毛孔舒畅了,轻松了许多。

这几年陡然变得恋家了,没有应酬便早早回家,围着老婆孩子热炕头似乎成了习惯,就连胃也越来越向往稀饭和萝卜丝的味道;老家也几乎每个月回去一次,惦记着老家的厕所改造,惦记着给房前屋后架几株葡萄,栽两棵樱桃。

(三)困惑

以前觉得自己知道的东西不少,现在觉得自己不知道的东西挺多;以前老觉得不知足,现在觉得一切都挺好,房子小有小的好处,车子老有车子老的好处。家人挺好,朋友挺好,一切都挺好。

想着去放下,也尽力试图去放下,可放不下的毕竟太多。

计划读的书很多,但真正全部翻过的却不多。

困惑虽多,也不烦恼,这正是一种常态。

相　信

　　起初认为相信是个简单的、本真的、俯拾皆是的东西,而现在看来相信异常珍贵,深奥难懂。

　　前几天和一个朋友聊天,他说每次遇到乞丐他都会给点零钱,也许他们真的有难处,也许十个中只有一个是真的乞丐,至少对于那个真正需要帮助的人来说,我们没有错过。

　　相信的成本似乎很低,又似乎很高。譬如,我们很容易寻找一些现象、一些数据、一些理由、一些证据、一些专家来让别人相信我们,我们以为别人都会完全相信。再譬如,我们买了一把菜、一桶油,尽管菜摊的老板一再信誓旦旦地声称足斤足两,我们还是认为短斤少两,虽然我们不去验证它;尽管超市售货员坚持宣传油是非转基因的压榨油,我们却在心里做好了它是地沟油的思想准备。信息就这样在信与不信之间飘摇,但丝毫不能阻挡它的快速传递。

　　世间本来有很多东西,我们很难显性地意识到它们的存在,却依然坚信它们的存在,比如爱情和友情,比如缘分和恒久,比如责任和担当,还有正义和公平。如果有一日我们对这些失去了相信,我们的世界便缺了阳光,没有可供呼吸的空气。

　　我们相信,社会公义在不断地进步,如同我们在斑马线和红绿灯前进化一般,所以我们尽量不去抱怨;我们相信,我们是微尘,我们无法改变世界,所以我们可以净化自己的心灵,平静喜乐,帮助弱者,让弱者也有自尊的权利;我们相信,我们是时间长河中的一瞬,有一天我们也会老,也会眼花耳聋,甚至会变成有吉佐和子笔下的"恍惚的人",所以我们珍惜几近消逝的青春,不致虚度;我们相信,爱犹如甘饴蜜露,所以我们坚持爱每一个值得爱的人,爱自己,爱家人,爱朋友;我们相信,我们无法窥探生命的奥秘，但一句温暖的提醒、一段美好的时光、一朵西藏上空的白云都会让我们感动，让我们留恋，让我们念想。这就是相信的力量。

今天在饭桌上说起小马过河的故事，故事虽然简单，我们却也无法预知河水的深浅——相信它浅，因为我们自身也很强大；相信它深，因为我们看到了自己的渺小。

由此看来相信也是个大命题。

那些年，写给自己的文字

记得小时候老师布置的暑假作业是每天一篇日记，假期只顾疯玩，到收假才临时抱佛脚，写了一大堆不知所云的文字。无非是今天去田里除草，抒发对大自然的热爱；明天吃饭的时候撒了几粒粮食，感慨粒粒皆辛苦。这些文字倒也交了差，有几篇还被老师评作范文。从那时开始知道了有些文字是给别人看的，有些文字是给自己看的。写给自己的文字，记录那一段时光、回忆那一个人、记载那一件事，纪念那些本应忘记却无法忘记的岁月。

考上高中的时候，大姐为了奖励我，特意给我买了两本精致的日记本。记得我在扉页写着类似奔向2000年的豪言壮语，高二的第一学期我写下了我人生中的第一首诗，有些懵懂，有些矫揉造作，不长，一页而已！从那以后的文字也都固定在一页篇幅，记录某天的思考或感慨，逐渐少了稚嫩，多了思索和平静。高三毕业的时候，满满的两本文字终于完成了最后一页。记得后来最后一篇文字是告别，是趴在夏夜昏暗的台灯下完成的。

大学的时候和各路才俊一比，自己简直是井底之蛙，至此不敢随便写任何散漫的文字了（书信除外）。直到看了陈忠实的《白鹿原》，我突然有了将自己熟悉的村民们和朋友们写进文字的冲动。记得就在一个五毛钱的草稿本上开始了我宏大的写作计划。从民国十八年（1929年）的饥馑写起，多半的素材来源于村中老人的口述，还在图书馆查阅了部分文献资料。开始还是每天坚持写5~6页，后来逐渐没有了新鲜感，速度渐渐慢下来了。一个月以后彻底停了。现在回想起来，自己不自量力，无法撼动那么宏大的历史主题，也无法让从现实中走出的一大群人鲜活，富有艺术生命力，说白了，我无法像一个母亲一样抚育这么多人和事。

高中的文字和大学期间的这些文字,连同大学期间收到的、写好没有发出的信一道在毕业离开西大时被我撕成了碎片,最后化成了一股烟。该记忆的都铭刻在脑子里了,忘记的何必劳烦那些纸片!

之后的若干年里,我几乎没有写过自己的文字。不仅因为工作学习忙,也因为迷茫中不知该写什么、该记什么,浑浑噩噩过了好多年。

那一年我有了一整段空闲的时间,突然有了想写一大段文字的冲动。那时所有的工作都已经移到了电脑上和网络上。那是一篇小说《逃离西安》,讲述的是一个土生土长的秦人在西安的故事,长在西安,学在西安,而后漂离西安,又回到西安,在西安奋斗,在西安沉沦,最终离开西安的故事。其中夹杂了西安的历史、西安的小吃、西安的街巷和农村,以及真实发生在西安街头的故事和新闻。文字和当时的我一样迷茫、执着,有些懒惰,有些自恋。这也是自认为比较满意的一段文字,可惜大部分在电脑中丢掉了。这可能就是宿命吧,也许本身就没有存在的价值,所以这篇文字也就消失了。

也许等退休了,有了大段的时间,也有了足够的思想养料和积淀,再来写一些写给自己的文字,纪念那些难以忘怀的人和事。

秋天的对话

（一）

秋风清，秋月明，

落叶聚还散，寒鸦栖复惊。

相思相见知何日？此时此夜难为情！

入我相思门，知我相思苦，

长相思兮长相忆，短相思兮无穷极，

早知如此绊人心，何如当初莫相识。

——《秋风词》

李白其人洒脱不羁、好酒任侠、笑傲王侯，其诗夸张不群、天马行空、意境奇异。李白为数不多的词为谁而作已经不重要了，重要的是秋风、秋月、落叶、寒鸦构成的画面中悲凉的秋、孤寂的人和尚未谋面的画外的人跃然纸上。这首词是一支古琴曲，悲而不伤，凄婉而动人。

（二）

青松下，茅棚旁，煮一壶清茶，师父和我。

我们的对话没有主题，漫无目的。师父来自俗世，似乎已经功成名就，他游历了世界各地。然而在终南山的一座山腰上眼前的这位仁者语速缓慢，总是用浅显的语言和我这个凡夫俗子交流，所以我们的沟通几乎没有障碍。

师父说也许几年后，参透了，悟通了，就走出去了，回归城市。有人在山里隐居一世，不愿走出一步，对于他们来说，人味太重的城市已经无法安放宁静的心灵，师父不同。

我说修行在心，为何非要隐居静思，也有仁者大隐于市。

他说人如蚕，先是吞食桑叶，后吐丝结茧，最后破茧成蛾，重见光明。师父言隐居即是隔离，隔尘埃污垢，离俗世纷扰。

我说既入仙境，何归俗尘？

师父说出入在己，通关则得大自由，来去悠然，全然由心。

我既愚又钝，所以虽有缘而不得出入。

师父笑答，随缘随缘。

（三）

北京，什刹海河沿。沿堤尽是垂柳扶摇，湖塘中连藕清韵袭人。明月映着水面，波光粼粼，周边霓虹闪烁，游人如织。

某餐馆的二楼，清静。开着窗，透着风，自然也有蚊蝇。没有背景音乐，只有月光飘荡进来。对面坐着D君，简单本真，却透着慧悟。我俩没有丝毫拘束，似老友相见。

要了一瓶红酒，我与D君小酌。D君小我几岁，但表现出的睿慧和朴华令我惊叹。D君喜旅行，好静、看书、发呆，于是我们有了更多的话题。D君处事简练，坚守原则，这和他的年龄不符。交流有时也会冷场，大家都无语，却也没有尴尬。短暂的沉默也是一种极佳的享受，有如那份烤得酥脆的面包。

我和D君是第二次见面，上一次是在飞机上偶遇。由于经常坐飞机，所以我一般上飞机就睡觉，绝对不和其他人搭话。那天他的鞋子非常奇特，于是我注意到他，我们开始天南海北地聊。第一次见面对他的印象是模糊的，但是冥冥中有一种再见的缘！

他到家后给我短信，我回"人生得一知己足矣，晚安"。相逢真好。

有诗为证：

紫禁城外白云飞，什刹海边引客归。

莫怪月下频劝酒，自从别后见君稀。

（四）

秋天是一个悲伤的季节，一个流浪的季节。每个人都有一个流浪的梦想，三毛是流浪者，大家都是流浪者。虽然我们无法冲破藩篱，思想中我们却可以肆意私奔在一望无垠的心灵牧场。没有了距离和隔阂，身与灵轻盈了，神往就豁然开朗，心底透亮。

站在你的时光里

那天,我在飞机上百无聊赖,便随手翻开一本杂志。杂志无非都是些奢侈品的广告,雅致而与我无关。然而杂志封面的一行小字却惊醒了我:站在你的时光里。

这篇文章我终究没有翻开,不知写了些什么,或许是一篇思念情人的文字,或者记述了那些难以忘却的情结。无论如何我感谢作者,就是这样一个平淡无奇而又散发着淡淡洗涤剂清香的题目,让我本已疲惫的思绪酣然入睡。

"我是站在时光里想念你的树,枝丫因心事太多而静默。你欣喜也好,沉默也好,我已丢掉光明,我已找到平静",记得一本名为《雨》的书里如是说。

"在一段时间我喜欢一段音乐,听一段音乐我怀念一段时光。坐在一段时光里怀念另一段时光的掌纹。那时听着那歌会是怎样的心情?那时的我们是否相遇?是相遇还是错过?还是没有结局的邂逅?"我不清楚这段文字是为谁而写,音乐、时光、心情、结局,精致、无奈、惋惜、怀念。

你的时光,是个过程,或漫长,或转瞬即逝,或近或远,或喜或悲。我的影子走进了你的时光,是个状态,或转瞬即逝,或漫长,或远或近,或悲或喜。你的时光在我的目光里,是个永恒,漫长却似乎转瞬即逝,远远近近都在我的心里,悲悲喜喜都在我的挂念里。

站在你的时光里,我们聊着人生的感悟,真切、平淡,犹如若有若无的老电影的插曲,轻柔着、感悟着、沉淀着时间的印迹,不完美的乐音却是回忆。回忆着前世今生,回忆着困惑和喜悦。我们庆幸的是可以回忆,不幸的是只能回忆。

站在你的时光里,抑或我们谈论着久远的佛与缘,具象有如

Cappuccino上润滑的奶泡,没有混合前它们只是浓郁的咖啡和香滑的奶沫,混合后便有一些汲精敛露的意味。起初闻起来时味道很香,喝下去时可以感觉到奶泡的酥软,再喝时可以真正品尝到咖啡豆原有的苦涩和浓郁,最后当味道停留口中,又会觉得多了一份隽永和回味……

站在你的时光里,忘记了世俗和功利,语言变得不咸不淡、不温不火,甚至有些东拉西扯、絮絮叨叨,但丝毫不影响思想的激荡。

站在你的时光里,我看着你,欣赏着你,尽管我不知道你是谁,然而自那一刻起,你的背影再也没有离开过我的目光。当你我都消失在茫茫人海,彼此的音讯变得遥远,有时拨出的号码又匆忙挂断,可能连说话的理由和勇气都湮灭在时间的长河中。

飞机落地,睁开双眼,我的双脚踏踏实实落在地面,原来是一场梦。

微 笑

那年我还在遥远的异地,因为 2019 表出了问题无法办理社会安全码,必须前往另外一个陌生的城市去办理,于是我查好了地址乘坐大巴前往那里。

那天雪异常大,几乎没膝。到达之后,却被告知需在大约 5 千米外的机场入境处办理,我几乎崩溃了,却没有办法,只好冒着大雪步行前往。雪还是那么大,似鹅毛满天飞舞,原野都被大雪笼罩。然而那时的我却没有丝毫的心情欣赏雪景。一个人,走在万里之外的异乡,陌生、孤独、寒冷、无助,尽管不曾害怕。雪在脚下清脆地响着,一个影子在大雪中移动着。

大约半个小时后一辆警车停在我的旁边,"May I help you?"一位警官从车里伸出了头清脆地问道。我有点惊喜,有点担忧。惊喜的是那是寒冬的一丝暖意,担忧的是如果那是坏人怎么办?警官看到了我的迟疑,他掏出了他的警徽,然后微笑着示意我上车。

对这个浅浅的微笑,我至今保留深刻的记忆。车上和他聊了什么我已经忘记,但一直记着他保持着这种浅浅的微笑陪着我办完有关事项。他的容貌已经模糊甚至被我忘记,但我依然记得那个寒冬季节陌生人的一丝微笑。

多年以后,正是那一缕照进心灵的光,一直温暖我前行的路。给自己一个微笑,善待自己,奖励生命;给朋友一个微笑,尊重友谊,弥久恒新;给家人一个微笑,筑建温馨,和谐喜悦;给陌生人一个微笑,传递幸福,分享快乐;给对手一个微笑,宽慰胸怀,释然淡念;给太阳一个微笑,享受阳光,怀念寒冷;给寒冬一个微笑,因为那个微笑,我,学会了微笑。

我的故事：2012 年

2012 年是龙年，来得普普通通，和上一个龙年没有任何的异样，只是又将鼠牛虎兔的年轮拨拉了一圈，像是喇嘛庙里的经筒，咕隆隆一眨眼又回到了龙年。

2000 年我硕士毕业了，从一个大学换到另一所大学，人生轨迹也发生了偏移。还记得那年我们在教学楼门前让杨老师用数码相机照了毕业照，连散伙饭都没有来得及吃，大家就一呼啦地散了，其实无非是去了西电和西电以外的高校。有人自那就失去了联系，再也没有联系过。扯远了，有点絮叨，人老的标志。

那年的春节母亲迷信给准备了红腰带，最终因为实在不好用，采用了折中的办法在皮带外面缝了一块红布避避邪。其实我对这些也从不迷信，只是满足了母亲的心愿和祝福。我本以为这个龙年和其他任何一年一样，春种夏收，秋实冬藏，浑浑噩噩又是一年。可这一年，我却体验了人生的各个季节，生若浮萍！

先是父亲的病情如疾风劲刀，我几乎都被摧垮了。从正月初十开始我总是在公司和老家之家奔波，看着父亲日渐消瘦，我的精神状态每日俱下，但即使再憔悴我也要在父亲面前装出精神抖擞的样子，好让他安心。父亲在与病魔抗争了几个月后安详离去，我悔恨自己的无能与无助。我经历了人生第一次巨大的悲痛。我有时在想，如果能把自己的生命交换给亲人那该多好！在父亲生病期间得到了亲戚朋友们的精神支持，我才从崩溃的边缘恢复。在处理后事时，村里的乡亲也都不约而同为父亲送行，让我感慰不已。感谢他们，帮助我渡过了人生的苦难和厄运！

忙完父亲的后事，妻的眼睛检查出黄斑病变。于是又奔波于西安各大医院，四院、一院、西京医院、交大一附院，在得知西医几乎没有什么办法后,又往来于同仁堂、中医学院等中医院。后来妻子请了病假,在家休养,这才慢慢有了好转。

单位的事情也是出现了一些变故。在大家的帮助下本是一件很好的事情,结果却是往日的兄弟拦三阻四,背后一堆坏话,甚至反目成仇,不过最终还是成了。公司已经逐渐调整好了,新公司也逐渐成形。其实这样的结果也好,至少认清了若干人等。

当然这一年也是收获年,收获了两个奖项,还都比较重要;理解了生命的意义、理解了家庭的责任、理解了朋友的本质。谁又能说挫折不是一种收获,痛苦不是一种历练,与家庭一起成长、与公司一起进步、与朋友们一起成熟!

这一年也是一个感恩年,如果没有朋友们的支持,没有亲戚的帮助,没有师长的提携,没有家庭的温暖,我都怀疑自己能否挺过来。每个人强大的外表下面都埋藏着一颗柔弱的心,需要鼓励,需要呵护,需要关爱!

这一年中我和驴友爬了几次山,遇到了几位好朋友;这一年中我开始学习写字,坚持了几个月,逐渐入了道;这一年中几近困顿尚不迷失,客观对事、真诚待人,以直报怨、以德报德;这一年中几位好朋友也晋升了职称,祝贺他们。

这一年将会成为我人生中重要的里程碑。

读书是一种旅行

现在越来越多的人喜欢旅行时带一本书，目的是为了丰富旅行。然而，读书本身其实就是一种旅行，不同的作者带着我们去不同的地方，欣赏不同的风景，体验不同的文化，分享不同的人生思考。从这个意义上而言，与其说我们是在旅途中阅读，不如说是在阅读中旅行。

记得那是去年的元旦，我出差在外，办完事一个人无所事事，独自坐在北京的一家书吧里。屋内的灯光昏暗，屋外的阳光照射在墙壁上挂着的旧得泛黄的唐卡上，我沉浸在阅读的乐趣中，忘记了时间和空间，忘记了人生的烦恼，忘记了屋外的嘈杂和喧闹。我在旅行，心灵的旅行；我在与作者结伴同行，借由那些散发着墨香的字符，跳跃着、膜拜着、激荡着。那厚重的思索，导引着我、佑护着我不致迷失。那次旅行虽时隔不远，但我只记得那家书吧、那个下午、那本季羡林先生的《佛教十五题》。

生活节奏加快了，不仅阅读方式逐渐改变，阅读习惯也在改变，许多人已经很难拥有一整块安静的时间用来阅读，越来越多的人选择了快餐式阅读，用手机上微博，用ipad看小说，像猫儿狗儿绕着自己的尾巴兴奋不已，看书似乎一种成了一种奢侈消费，读书也成了很久远的事情了。不知是书的悲，还是人的哀？

所以每次出差无论多忙，我都会带上一本书，又有谁知道我是为了读书才去旅行，还是为了旅行才翻开了久违的书本？

学习写字

近日偶得闲余,竟想起了写字。

写字的喜好一直便有,小学时看到村里有老者写春联,提钩顿画好不羡慕,经常一看就是好半天。有时也会用秃了头的毛笔,照猫画虎地舞弄几下,既没有字帖,也没有老师,连墨水和纸张都是问题,也就没有了下文。

工作之后,妻买了上好的砚台、狼毫的笔、一得阁的墨,只是工作繁忙,无有闲暇,这些什物也都束之高阁。

有了写字的念头,便搜罗出砚台、毛笔和纸张与以前刻好的印章,幸好这些物件都齐备,在门口的旧书店买了些字帖和书法史以及书法入门的书,这就齐活了。

儿子一直嚷着让我学楷书。楷书是学校教的,他们也都发了字帖。小时的我也特别喜欢楷书。学习楷书,永字八法必不可少,点为侧,侧锋峻落,铺毫行笔,势足收锋;横为勒,逆锋落纸,缓去急回;直笔为努,须直中见曲势;钩为趯,驻锋提笔,使力集于笔尖;仰横为策,起笔同直划,得力在划末;长撇为掠,起笔同直划,出锋稍肥,力要送到;短撇为啄,落笔左出,快而峻利;捺笔为磔,逆锋轻落,折锋铺毫缓行,收锋重在含蓄。永字八法相传为张旭所创。楷书似刀剑,锋利无比;似疾风,秋扫落叶;似悬壁,陡峭凶险。其字体飘逸俊秀,我却无动于衷。

现在的我独喜隶书,隶书上承篆书,下启楷书,体现了书体演化过程。隶书之用笔,突破了篆书用笔单调的束缚,点划分明,方圆相济,轻重有致,古朴质雅;也没有了楷书的激进和锋芒,处处藏锋,于无力处平淡,于势涌处亦平淡,平淡之后却是力道无穷。

人生亦是如此,年少时总喜欢舞枪弄棒,总喜欢刀光剑影,崇拜神采飘逸的李连杰,有个性,有能力,开车总看不惯别人超车。过了一点年岁,少了篆书般的花拳绣腿和楷书般的锋芒毕露,锈钝了点,拙重了点,遇事慢了点,似隶书穷而不淡,朴而雅致。似一农夫,茅屋三间,栗粟五斗。每日挑水种田,看瓜务豆,日出作,日落息。无大喜,亦无大悲。得之我幸,弗得我命。没有血光四溅,没有醒世大言,平平淡淡,园田野叟不也乐哉!

我先是临摹隶书"有则有典,无党无偏",偏字最是难写,左轻右重,难取曲直。后习"国人骨曰坚,君子焉不学",焉字繁复,人字单薄。看来要想成为君子,还是要不断地学习呀。

钟与幡

千年前　我是一寸铁　锈钝的铁

十年前　你是一片布　空泛的布

来到这山顶空灵的寺

只因

我是寺檐下的钟

你是松树间的幡

我在风中诵吟了千遍的佛

你在佛前默念了万行的经

寺即是一间房

高耸在山顶

房内只有一尊佛

人说佛是前世的人，佛依人相

我说佛是今世的钟，钟鸣醒世

你说佛是来世的幡，书写不朽

有一天，我还会蜕成一块铁

你　也许　连一块布都不能做

我们的存在

只因

佛也怕寂寞

即使我们不在了　化成了一缕烟一丝风

佛却记住了

我们的声音

凝视灵魂

从村口到我家 117 步,从我家到村口还是 117 步。随着哀伤的唢呐声,我一遍遍地丈量着这段路程。父亲也是几乎每天从家到村口,从村口回到家,来来回回许多趟。我在走这段路程的时候竟会看到父亲的影子,或者站在村口和他的老朋友闲聊,或者和牌友们打着麻将。

父亲最后一段日子是在家里度过的,从医院回来的那几天父亲的情绪异常好,但隐约中也知道了自己的病情。我们姐弟几个轮流照看父亲,那时候父亲已经坐不起来了,只能躺着。病痛折磨着父亲,父亲一直忍着,只有当实在无法忍受的时候,他才会看着墙上闹钟,让我们找村医打止痛针。呕吐一直伴随他的最后几天,尽管一个月没有进食,父亲还是不停地呕吐。

父亲离世前一天晚上,我和大姐照顾父亲。下午 5 点打的针,晚上 8 点的时候父亲显得非常烦躁,于是又给他打了针,父亲平稳下来。晚上 1 点我给父亲打了针,父亲一直醒着。听大姐说,父亲有时自言自语还会说几句,但由于没有戴假牙,谁也听不懂。早上 5 点时我又打了一针,父亲还是没有稳定下来。等到 7 点的时候,二姐、三姐也都到了,父亲才慢慢安定下来。8 点 50 分,看父亲稳定了,我打算去见一个客户,给父亲打了招呼,父亲用眼神示意我可以去办事。就在汽车启动的瞬间,父亲失去了知觉,没有意识,呼吸异常急促。我们几个赶忙掐人中,叫村医,但父亲还是坚决地去了。去的时候很安详,脸上丝毫没有痛苦的表情。父亲走的当天下午下起了小雨,我似乎看到了父亲随着那雨丝升到了天堂。去是对父亲的解脱,父亲应该是欣慰的,生病期间我们姐弟都在身边伺候,只是病痛是无法替代的。

儿子在父亲去世前一周回老家看望了父亲,坚强的父亲躺在床上竟然眼泪纵横,他以为那是临别前的最后一面。过了几天,我又带孩子回老家看望父亲,父亲没有像上次那么难过,儿子也答应过几天看望爷爷。儿子再见爷爷的时候,父亲已经离开了我们。

父亲的几个老朋友经常来家里看看,有时候看几眼就走了,我知道他们怕自己流眼泪让父亲看到。我看到过几次二伯转身离开的时候,悄悄地抹眼泪。

我曾经不相信灵魂的存在,认为人走了便会像云雾一样消失。可父亲仍然像是没有走,买衣服的时候,还想着给父亲买一件;买药的时候,还想着给父亲买点胃药和钙片;给母亲打电话的时候,还想着让父亲接一下电话。然而理智不断提醒我,父亲已经不在了!

来到父亲的坟茔前,培培土,清理清理周边的杂草,想着父亲就长眠于此甚至有时想陪父亲说说话。然而人总是要走的,就像若干年后我也会离开一样。得知父亲病情的当天晚上,我彻夜未眠,父亲便在我的脑海不断清晰了又模糊了。

那一段时间我的思绪是混乱的,稍有闲暇就立即回到父亲身边陪着他。我看了《生死学十四讲》《前世今生》《真爱永恒》等生死学的书籍,试图从书本中找到生死的答案。在自然科学的理论中,我们都在一个四维的世界中,消失了便永远看不到了。也许在某个超高维的神秘世界中,我们会再次相遇,再次成为亲人,重温亲情,这也许就是佛说的缘吧。

中华文化中对死亡是敬畏的、陌生的、无知的。孔子的一句"不知生,焉知死"就将我们打发了。死亡其实是生命的一部分,无法逃避。我们无法选择如何来到这个世界,甚至也不能选择如何离开这个世界。人是脆弱的、无奈的、渺小的。按佛教的说法,西方世界是极乐,人死后都会去西方灵山,所以每次跪拜的时候都应该面西而拜。父亲生前说要将他埋在村南的地里,那里清静,可以听见渭河的流水声,可以看见秦岭的四季变换。可是我却没能做到,只能将他埋在村里的公墓里,相信有奶奶、叔叔婶婶的陪伴也不会孤单。随着父亲下葬的还有他心爱的收音机,充满了电,下葬的时候收音机的声音放到了最大,但愿他在另外的世界能够听到我们的思念。

（一）父亲的一生

对父亲的回忆和总结，是在父亲离开后的一个月以后。之前的那段时间，我的思绪一直是混乱的，不敢回忆，也无法回忆。

在念悼词的时候，我以为自己很坚强，可是还是被泪水模糊了双眼，哽咽不断。渭水泱泱，秦岭巍巍，一个小村里，一位生于斯、长于斯的老人离开了。

父亲的一生和大多数农村人是相似的，竭力养育子女，孝敬老人，本分、节俭、勤劳、敏于行而拙于言。但父亲一生也是不平凡的，祖父早逝、父亲早早就和小脚的祖母共同操持家务，养育弟妹。而后父亲到县建筑队做工，建筑活样样精通，瓦工、电工、焊工、钢筋工无一不通。由于父亲心灵手慧，那时我家的生活在村里还算不错。而后父亲回到了村里，当起了电工，其间学会了维修马达（电动机），我们姐弟几个偶尔也会帮助父亲绕线，打打下手。后来几年父亲又在村办工厂和邻村的造纸厂里担任了电工。父亲真正完完全全做农民的时间并不长，几乎都是亦工亦农。

父亲几乎无所不能，是我心目中的偶像。父亲可以修理电器，修理缝纫机、自行车，甚至连补锅都会。我们家的刀都是父亲亲自做的，现在还是锋利无比；父亲利用下脚料制作的玩具车现在还可以跑，有轮有箱，甚至连制造铭牌都有。

父亲一直很少过问我的学习和工作，从上大学、结婚到工作，父亲一直都是说："你觉得好就行，我没意见。"但无论如何父亲都是无言地支持。

记得前几年和父亲的一次长谈，当时父亲65岁左右。父亲说现在感觉自己中用了，然而却已经老了，什么事情都力不从心了。

（二）人为什么会死？

亲戚家的孩子知道人会死以后，经常会问大人："我会不会死？"得知答案后非常惧怕。对门的男主人去世的时候,我们都感到惊讶,前几天还和他打招呼,怎么突然就走了!

人会死是无疑的,即使民间传说张三丰活了三四百岁,可是依然摆脱不了死亡的魔咒。古代的术士追求长生不老,大多最终中毒而死。从生到死,生命是一个完结。生是开始,死是结束。生是欢喜,满是恭喜之声,呱呱坠地,便有希望了;死是悲伤,尽是哀乐哭嚎,撒手人寰,希望便没了。

生之前是一个细胞,死之后为一缕青烟。来是空,去依然空空如也。我们为什么悲？我们怀念逝者什么？怀念逝者的生命历程,怀念我们与逝者的生命交集,怀念我们共同的时光,遗憾我们未了的心愿。

倘若一个和你没有任何交集的人去了,你不会过多悲伤,最多就是一种同类间的怜惜。这种怜惜很快就会衰减,直至消失。

在世间和我们有关联的人,随着时间的流逝,会纷纷作古。有一天我们认识的和认识我们的都不存在了,我们也就完全意义上的不存在了,仅仅存在于家谱上的文字和每年清明节那一张张黄纸,那时我们就彻底地逝去了。

(三)死了会去哪里?

既然死不可避免,我们为什么害怕死？或者说我们死了会去哪里？没有人能回答。既然死了,和世间的凡人便没有丝缕联系。所以活着的人不知道自己的下一个阶段在哪里度过。

我们是依靠惯性思索的。昨天我活着,前天我活着,大前天我也活着,那么我们有理由相信明天我们依然活着,后天依然如是。我们都知道自己的起点,生日都会记得准准确确,却不能知道自己确切的终点。知道终点的人大凡都是圣人,安排好所有的后事,然后驾鹤而去,缺少了许多遗憾!

宗教的力量是帮助人消除恐惧,塑造一个承诺! 将生前和死后联系起来,生前积德行善,死后便会升天,即使生前穷苦伶仃,死后也会荣华富贵,这样我们就不害怕苦难和孤单,天堂上有你所有的亲戚朋友,又是一个天上的人间,所以我们坦然了。

或者我们处于生死轮回,我们的生来自于前世的死,死很快轮回成来世的生,现世未了的业障在下一世进行修炼。这样就有了结果,我们死了会有来世,来世还有可能和这一世的亲人相聚,但我们无法预测来世我们将是谁,也无法获知前世我们曾是谁。但知道了去处和来源我们也就不苦恼了!

(四)人有没有灵魂?

躯体为我们提供了物理的载体,我们有身高、体重、血型和面貌,我们去了躯体就会腐朽,化为灰烬,最终消失。那么,思想、性格、气质的载体是什么?灵魂!灵魂储存了前世今生的讯息,成为今人和前任躯体的纽带。前世我们是谁?灵魂是唯一的线索,也是唯一的寄存器。

活着的时候灵魂和躯体是一体的,躯体在哪灵魂就在哪。灵魂没有物质特性,没有质量但有着无尽的能量;灵魂的移动几乎不需要任何的能量和时间;灵魂是没有形状的,可以随意装进任何的躯体,没有合适与不合适。

有时我们的灵魂会短暂地离开躯体,在空中俯视自己,窥测未来的我。所以我们有时会预测下一个时刻即将发生的事情,没有理由,没有先兆。

有了灵魂,我们有理由相信我们可以按照这一微弱的痕迹追寻久远的过去,即便不能回答以后我会成了谁,但至少可以部分回答我曾是谁。倒是一个不错的收获!

那是苹果

（一）

夕阳西下,父子两人。儿子低着头看着报纸,患了痴呆症的父亲头发花白,专注地望着身旁树上的果子,嘴角还流着口水。

那是什么？父亲问道。

那是苹果。儿子抬了抬头,回答道。目光几乎没有离开报纸,父子间已经几乎没有交流,只是一问一答。

那是什么？父亲又问道。

苹果。儿子有些不耐烦了,但还是回答了一句,没有多余的一个字。

那是什么？父亲固执地问道。

你有病呀！你有完没完。儿子终于爆发了,撕了报纸,声嘶力竭地喊道。

父亲吓得不敢再问了,两行浊泪流了下来。

（二）

时光回到了三十年前！还是夕阳西下,还是父子两人。父亲低着头看着报纸,儿子虽然步履不稳,还是顽皮地奔跑着,他突然看见了身旁树上的果子。

那是什么？儿子问道。

那是苹果。父亲抬了抬头,回答道。目光中流露出喜悦和欣慰。

那是什么？儿子又问道。

那是一棵苹果。父亲望着儿子,鼓励地看着儿子。

那是什么？儿子还是很好奇。

那是一棵苹果,成熟之后又香又甜,可好吃了。到了秋天爸爸一定摘给你吃!父亲开心地抱起儿子指着苹果。

父亲高兴地亲着儿子胖乎乎的脸蛋,幸福无比!

(三)

又过了三十年。

当年的儿子也已经两鬓苍苍,他坐在父亲的墓碑前,墓碑旁特意栽种了一棵苹果树,树已经长大了,挂满了红艳艳的果子。

儿子喃喃道,那是苹果,那是苹果,一遍遍地说给父亲。

夕阳照在儿子的脸上、泪珠上,全是红色。

在心灵的路上

和朋友间的电话总是这么开始:"最近忙什么呢?"结束的时候总不忘"有空再聊!"其实工作这么多年,闲暇的时间却很少,书架上买的书不少,能够真正完完整整看完的却不多,貌似很忙。

有一位年轻的同事,毕业的时候就去支教一年,我很是羡慕!其实自己也有类似的想法,曾见过山区的孩子们渴望的眼神,却一直下不了决心。或许等退休之后可以去这些地方教教书,看看星星。

人的一生很短暂,睡着了没有醒来就算结束了!从二十岁到六十岁的"有效活着时间"中,给父母留出十年,给爱人孩子留出十年,给社会奉献十年,留给自己的也只有十年,然而留给自己的十年也从没有真正属于自己。每天忙忙碌碌,一路奔跑,躯壳跑出好远,魂魄却留在了身后。

在网上看惯了嬉笑怒骂,却渐渐喜欢看看那些行者的文字,一部单车,一副行囊,走遍全球,一切貌似不可能,却有人实现了!时常浏览丽江的客栈,阳朔的小旅馆,没有目的,没有时间,没有世事烦扰;有的只是发呆,停滞,呢喃,看着日出,望着日落。没有目的地,没有路线,没有游伴,没有攻略,停下只是为了佛前许下的诺,上路只是为了来世的缘!

是这个社会病了,还是我们病了?我们忙碌着,没有了自我,只有怀念!怀念搀扶了老人不用上新闻的日子;怀念年少轻狂,十分钟便决定的长途旅行!

醒　醒

在一段旅程中，如果旅程已经过半，人们习惯用剩余的旅程来衡量整段旅程。

起初的二十年活得轻松，也不用负责任，上学占据了大部分时间，哼着"背着书包上学堂"的儿歌，或走或跑，或哭或笑，前两圈就不经意间擦身而过。此后的二十年似乎不那么轻松了，结婚生子，成家立业，"出名堂"的日子，为房子烦恼，为孩子操心，为位子忧虑，为老人顾虑，不快乐，繁忙却没有退路，没有逃避的选择；再过二十年，似乎又慢了下来，停停脚，听听上帝的敲门声，思索了，习惯了，却没有了写些什么的兴致，开始觉得生存的意义在于存在本身，而并非留下什么，向别人展示什么。多年以后，尘归尘，土归土，来来去去，去去来来。

佛说：无我便是有我，无相便是本相。站在自己的肩膀看自己，看佛的前生，看人的后世；看初升的朝阳，看火红的晚霞。尝过烈酒，喝过淡茶；听过佛音绕梁，闻过市井凡俗。坚持的不一定是对，放弃的未必是错。

和T君既是同事也是好友，T君内敛而有深度，和T君交流总有收获。以前总以为忙碌是光荣，懒于思索。其实不思索便是最大的懒。犹如国人的懒，几百年前的病还没有医好，几百年后又有了新病，默然、安静、没有思索地前行，没有深度地生存。

我的 2011

2010年最后一天的中午,我一个人徘徊在北京的街头。这是一座既让人兴奋,又让人讨厌的城市。凛冽的寒风中,到处都是忙碌的身影。阳光明媚,蓝天巍巍,似乎都是一种背景,没有欢乐,也没有悲伤。

十分钟后,我找到了一个名叫"驿站"的书吧,书吧很特别,很精致。书架的角落散布着几处柔和的灯光,有小茶几、常见的藤椅,桌布好像古旧的唐卡,音乐柔和地飘着。由于是中午,几乎没有读者,也没有服务人员,我一个人享受着这午后的平静。

点了一杯暖冬柚子茶,甜甜的,淡淡的,在勺子的搅动下,茶在旋转着,香味慢慢散开了!随手拿起季羡林老先生的《佛教十五题》。在他的笔下宗教都成了裸体,没有神秘和崇仰,有的只是严谨。很悠闲地翻阅着,虽然文字很严谨,话题也很严肃,我却丝毫没有觉得干涩和枯燥。

时间就这样缓慢地流动着,就像墙上的老钟,嘀嗒,嘀嗒!我几乎都睡着了。北京也不再让人生厌,因为那一丝冬日的阳光。

2011年的第一场雪很快就消失了,还没等看见孩子们打雪仗的身影。我的2011就这样来到了,没有丝毫的预兆和前奏。

挺好的，小人物！

最近忙里偷闲断断续续看了成龙的电影《大兵小将》，其中有一句台词非常经典："挺好的！"小人物们的理想是朴素的，五亩地，三亩种瓜，两亩种豆，千亩良田与我何干；小人物面对复杂的战争思路是简单的，不打仗我现在就可以过上幸福的生活；小人物的信奉是公正的，每家都要留个后，即使面对的是敌人；小人物的信念是直接的，怕死不丢脸，冤死才丢脸。

小人物是天真的，认为不打仗就可以安心地种田，即使刚从死人堆里爬出来，即使刚经历国与国之间疯狂的杀戮；小人物是乐观的，即使遇到了熊粪，都能当作好运的兆头；小人物是阳光的，任何时候都是唱着纯朴的油菜花；小人物是忠诚的，当面对灰飞烟灭的祖国时，他选择了舍弃一直珍视的生命；小人物是智慧的，大人物屡屡死里逃生都是小人物的功劳；大人物从开始打算有尊严地死，到真实地活着，小人物就是那一碗热腾腾的心灵鸡汤！

挺好的，似乎可以看出阿 Q 精神由来已久。小人物，平凡着，幸福来得那么随意，不管上苍如何虐待他，他都觉得"挺好的"。小人物，伟大着，善待生命，无论他是一个可以换得良田五亩的大人物，还是一只怀了孕的兔子，一只受伤的小鸟。当国家面临危亡的时刻，他却倔强大度地放弃了生命！

一条大路呦通呀通我家／我家住在呦梁呀梁山下／山下土肥呦地呀地五亩啊／五亩良田呦种点啥

一条大路呦通呀通我家／有妻有儿呦瓦呀瓦房大／鸡肥鹅肥呦牛呀牛羊壮啊／种豆种稻呦油菜花

承　诺

　　承诺是一剂毒药。为了承诺我们像飞蛾扑火，为了承诺我们或是等待，或是执着，为了承诺，我们义无反顾、只身飘摇。

　　我承诺祖母待我毕业后，接她到城里享几天清福。可是没有等我毕业，她便安详地离开了我们，我便从承诺中解脱了。可即使在毕业的时候，我仍然是家徒四壁，徒手空空，还是没有能力提供"享清福"的条件。

　　我承诺给妻子一个稳定的家。可是结婚后我们不断变换着住址，变换着身份。从北郊搬到了南郊，从南郊搬到了西郊；从集体宿舍搬到了平房，从平房搬到了单元楼；从学校提供的公寓搬到了自己买的二手房。生活质量在不断提升，稳定也似乎就不再遥远。然而如果早先选择了西安也就没有了这些变故，仍不能承诺稳定。

　　我承诺给儿子一个快乐的童年，可是每每看到儿子紧锁的眉头，每天深夜仍在台灯前用功的背影，我能做到的就是陪在他的身边，和他一起完成作业。即便是几个小时的游戏或玩耍都已经成为奢望，一家人每天都围着孩子，孩子围着书包和课堂。不知这样的童年是否还是金色的童年？

　　我承诺给父母盖一座新房子。这几年一直是东奔西走，忙忙碌碌。眼看老家的房子在村里已经成了古董，终于在今年和几个姐姐一起为父母盖了一栋简单的房子，父母很是知足。也算是我唯一兑现了的诺言。

　　掐指一算自己都开始奔四了，很多事情自己还没有想明白，但日子却在飞速地奔跑，只是承诺的话不敢轻易说出了。

在柔软的时光中沉溺

记得在南戴河的时候遇到了几对老夫妇,他们在海边一待就是三五个月,每天或者坐在院中晒太阳,或者去海边散步、看日出日落。曾经一直想问他们为何不回家,只是不好意思开口。那段时间我们也是在这个家庭旅馆小住了一段时间,感觉岁月竟是那么柔软,像温润的海风。

今天随意间闯入了一个旅游的帖子,有点似曾相识的感觉,楼主是位成都的女生,独自五十天几乎走遍了大半个中国。文字很随意,图片也没有丝毫的矫情,很是酣畅。很多人容易被那种软软的、缓缓的、静静的时光所缠绕,像吸食着一种精神鸦片,嘴里喊着骂着,却如何也离不开这温柔之乡,于是自嘲是那废掉的人。

我去过的地方不少,留下印象的却不多。张家界的景色不错,但有点剑拔弩张,过于强势;凤凰古城,犹如山水画卷,沱江贯穿其间;丽江的水很有特色,处处都有小家碧玉的灵秀;偏岩古镇位于重庆北碚区东北部,历时300余年仍保留着非常古朴的原貌,村口的两个鸳鸯古树相互依偎,保留有戏台、窄窄的石板街道、小小的饭馆酒肆、嚷嚷的麻将声,只是过于偏僻很少有人知晓;汉中的南湖不错,苍树叠翠,碧波沉沉,楼塔倒影,一轮明月,耳边不时有虫叫鸟鸣,不啬江南美誉;宝鸡的钓鱼台由于一好友在此经营旅馆,先后两次小住,只是缺乏灵气,过于呆滞;阆山属于丹霞地貌,不亚于桂林,原生态保持较好;岳麓书院斯文一派,古树青苔似乎诉说着千年的轮回往复,"惟楚有才",院中有一种竹子,团团簇簇,几百根挤在一起,好不热闹!庐山徒有虚名,政治气味过于浓厚;华山去过一次,大雪漫漫,别有一番景致;三亚的海和大连的海、烟台的海不同,前者蔚蓝后者偏绿。

我是不喜热闹的,安静着,安怡着,却不被麻痹,这和丽江的味道是一致的,寂寞着,时尚着,却不被抛弃。现在连走遍中国都已经成为遥远的梦想了,但愿退休后还能重拾以前的梦。

转　身

当我修改签名为"华丽转身闪了谁的腰",一位好友便很快发留言来询问何事,我倒是有些迷茫了,不知如何作答!

前几天回了趟老单位,建筑还是那么雄伟,几位熟识的老兄依然那么亲切,办公室的花草依然很旺盛。只是在去领导办公室的路上,看到几位以前的同事神情很是漠然和紧张,原来是机构调整了,几家欢喜几家愁!但凡发帽子的时候大家都是欢欢喜喜,一片喜气!而当有些人被裁撤,空气中便多了份压抑。身不在江湖,不问江湖中事。

转了身,身后少了虚无的环绕和仨瓜俩枣的纠结,轻松了许多!原来还有些许的留恋,现在看来有些多余了。还记得评估的时候大家一起加班,一起泡方便面,一起打打闹闹,一起趴在QQ上等指令,虽然很忙、工资少得可怜,大家却很开心!我估计很多人都有这样的情结。但也正是这样,错过了无数机会,不过也不后悔,开心就好!

早上有时走在上班的路上,阳光从车窗斜洒进来,车内飘荡着熟悉的老歌,时光变得有些闲散和迷离,车子走走停停,似乎和着优雅的节奏。转身之后的生活实在而又平淡,忙碌着,思索着。每天送儿子到学校门口后,再送老婆上班,然后自己才慢慢悠悠去单位,开始忙碌的一天!

已经很长时间没有写日志,时钟慢了,人却懒了。看透了,也就没了叽叽歪歪,没了提笔的兴致。

偶尔会想起那些老兄,愿你们都好!

写在生日边上

这几天树上的叶子已经逐渐斑斓起来,红得耀眼,黄得洁净,榛子果不知何时已经落了满地,看来确确实实已经是秋天,再有不到两个月的时间就该下雪了。

早上一位朋友发来信息,说你过生日了,打算如何过? 这一下我却有点慌张了,不知所措。不知是该回避还是该庆祝。

我是不怕死的,也从不避讳死亡。早些年,还在老家的时候经常有年纪大一点的老人叫我"地震"。后来才从大姐的口中得知我出生的第二天就发生了地震,而且那场地震害得全家人在防震棚里过了好几个月。可怜的妈妈带着我待在一个柴草棚里。还好,地震并没有对我们构成太大的威胁,等到天气冷一点的时候大家又都陆陆续续搬回家住。我后来查阅了唐山地震的有关资料,在这次20世纪十大自然灾害之一的大地震中总共死亡二十四万二千多人,重伤十六万四千多人。后来我总结我一直很幸运,因为我一出生就遭遇了劫难。

生日对于农村的孩子来说没有太大的意义,该打猪草还是打猪草,该下地还是下地,只是一颗煮熟的鸡蛋尤为珍贵。农村的孩子的童年尽管物资匮乏,却过得非常充实。春天捉蝴蝶、抓蜜蜂;夏天下河捉鱼;秋天抓知了、烤红薯和玉米;冬天滑冰打雪仗。后来上学了,偶尔参加乡里的数学竞赛、作文竞赛,母亲总会奖励一个鸡蛋。

从小学到高中我从来没有意识到生日的重要,只有母亲惦记着我的生日,唯一让我觉得生日的意义的就是那一个鸡蛋。

后来,上大学了,毕业了,工作了,慢慢地记住了很多人的生日,记住了在生日这天给他们打个电话问候一下。

自从过了30岁,每年的生日总会总结一下,不免有些惆怅。这些年拿了一个学位，建了一个家，有了一份工作，出了一趟国，尽管还有这样那样的遗憾，却也知足了。这些年也去了一些地方，北京、上海自不必说，还去了武汉、长沙、张家界、重庆、洛阳、昆明、丽江、大理、南昌、秦皇岛、大连、烟台、大同、三亚等，却是丽江的闲适和古朴留下的印象最深。

我开始有点怀旧了，怀旧就是变老的标志，于是有点矫情，不时地伤个春、悲个秋什么的。其实怀旧也是由于现实的失意，心灵中净土不断被蚕食，无法淡薄的名利，无法回避的抉择，无法看穿的世事，轻狂少年已经荡然无存。

在这一个平凡得不能再平凡的一天，感谢给了我生命的父母，尽管没有锦衣玉食，父母却在我少不经事的时候为我遮风挡雨；感谢我的妻儿，为我提供了幸福的港湾，让我享受家庭的责任；感谢帮助了我的友人和伤害了我的人，你们让我体验了真情，学会了隐忍；感谢我的学生，让我享受了教师独有的崇高；感谢自己，忙乱着、执着着、探索着，但始终没有迷失自我。

亲 人

我一直有很多文字没有写,人生的种种痛苦也是多有未解。昨天在给妻儿打过电话后便难以入眠,想起往事和那些故去的长辈和祖辈。

爷爷是在父亲 12 岁那年去世的,由于父亲是长兄,家中还有两个妹妹一个弟弟,所以父亲和奶奶一起承担养家的重担。从那年起父亲便辍学回家,12 岁的他干起了重活。那时父亲和成人一样挣十个工分(全村也是少有的),奶奶在家操持家务。村里时有人欺负,可是父亲生性刚直,为人和善,弟弟妹妹少吃了很多苦。

奶奶一生勤俭,自己省吃俭用,我们孙辈偶有浪费必遭痛斥。奶奶裹了脚,走路不便,所以时常坐在地上干活。在我印象中奶奶几乎没有闲过,什么时候都是手里有忙不完的活,这些在我的父辈也都是如此。每年少有的几次清闲便是春节我们孙辈几个用架子车拉着奶奶去姑姑家或是看戏,奶奶总是从衣服里找出几个糖纸都磨掉的糖果塞给我们。我上研究生的时候,有一次奶奶笑着说"等我的孙子挣了钱,我也能享清福了",可是竟没有等到那一天。奶奶去世的时候,一直念叨着我,可是我还是没能见上奶奶最后一面。那段时间,我正在准备论文,忽然接到奶奶去世的消息,眼泪不由盈满眼眶。奶奶下葬那天下了一场大雨,送葬随时都要跪下来,无论地上多少泥、多少水,我都跪下,似乎只有这样才能对得起儿时奶奶的疼爱。

后来没过多久大姑也去世了。我没有回去,我记不清当时是在出差还是考试。

父亲兄妹几个中,父亲手最巧。父亲先后学过电工、焊工,精于机械。他在建筑队打工,收入还能养家。等父亲工闲回家,他也总是帮东家修理钟表电器,帮西家修理自行车。记得父亲为了我,费了好长时间用工地的下脚料焊了一个小车子,小车子有轮子、有挡板,可以拉土,对于农村的孩子来说,这样一件做工精美的玩具几乎是件宝贝。前几年我还看到这个小车子挂在老家墙上。

　　叔父(父亲的弟弟)是父辈中文化最高的,初中毕业。可是由于家里没有关系又穷,所以叔父连当民办教师也没有资格,只好务农。叔父的毛笔字写得很好,每年都为邻居书写对联。有一年暑假叔父带着我在建筑工地打工,他受了伤还坚持每天干活,我当时心里很难受。后来婶娘因病去世,恰好我在准备博士答辩,所以只能给她磕了几个头就返回西安。此后,叔父的身体也每况愈下,但是他还是坚持养猪养牛。尽管勤劳,却由于牛病和猪病都没有挣到什么钱。最后他决定春节后和两个女儿去广东打工,没想到这竟成了和叔父的最后一面。昨天听到叔父已经去世的消息,原来他已经在广东住院两个月,最后竟在他乡离世。这几年自己忙于工作,没有和叔父联系,很是内疚。庆幸的是弟弟今年研究生毕业了,在上海上班,两个妹妹也已长大懂事了。

　　小姑也和奶奶一样,贤淑勤俭。姑父从部队回来后,先后在他们村当过领导,在县里的一个招待所也当过领导,处事果决。两个表弟和我年龄相仿,所以常去小姑家。姑父声音洪亮,性格乐观,对我们小辈很好,只是烟瘾很大。去年春节的时候由于我远在异地,于是还和姑姑姑父在网上视频了好长时间。听说姑父生病后,怕影响病情,我犹豫好长时间,最后还是给姑父打了电话,姑父竟在电话中哽咽了好长时间。我一直希望能有奇迹发生,现在两个表弟都已工作,而且都干得很好,他们也该安养天年了。就在叔父逝世一个星期后,姑父也离世了。

　　我现在最担心的是父亲的身体。经受了这么多亲人的离去,父亲的身体也不好,心情总是郁闷,容易发脾气。父亲和所有的北方父亲一样,对孩子的爱总是藏得那么深,每次和父亲通话他总是叮嘱我注意身体。

　　人生总有很多的遗憾,长大了就要面对亲人的离别,学会忍受这样那样的痛苦。记得我离开西安的时候,儿子那满是泪水的眼睛让我刻骨铭心。这些年为了所谓的工作,很少回老家,给亲人们打电话的次数也不是很多,每每想到这里不由自责万分。

　　善待亲人,善待自己。愿天下的亲人都能安康!

愧

时间就像一头野驴,转眼间已离家半年了,日子就像旋转的陀螺,一圈又一圈,没有头没有尾,没有惊喜,没有遗憾,没有缺憾,也没有完美。

记得走的那段时间忙忙碌碌,其间被 check 了六周,所以走的时候没有了感觉。我一直惦念儿子,但是却很少和儿子通话,每次打电话儿子都在忙作业。可怜的孩子,真不忍心孩子的天性一天天被可恶的分数吞噬,可是对于这样一个充满竞争和八股的社会,我无能为力。

回想起我临走的那段时间,孩子眼神总有些忧郁。有一次我们在小餐馆吃饭,孩子突然问了一句:"爸爸能不能不走?"我当时敷衍了一句"好,爸爸不走",却看见孩子的泪水像断了线的珠子。一时间一家三口竟都在小餐馆流泪,我记不清我们如何逃离的那里。

那时我突然觉得我太自私了。毕业了就离家去几十千米之外的地方上班。为了所谓的事业,几年来很少照顾家和孩子,即使每个周六周日陪着孩子也觉得欠孩子太多。就在等待签证的几个月里,我每天陪着孩子,送他去画画,买买菜,做做饭;快下班的时候带着孩子去接妻下班,顺便买一支冰棍。对现在的我来说,那是最值得怀念的日子。

孩子的学习,孩子的身体,我牵挂,就像所有的父亲一样。可是因为自私,我果真辜负了孩子那颗感动的泪水。在离家的日子里,我越来越觉得比起那颗泪,一切都变得一文不值。

对不起了,我的儿呀!

丑妻、老狗、热炕头

记得贾平凹曾经说过男人的三件宝：丑妻、老狗、热炕头。对于大多数男人来说，这些愿望是朴素的，甚至是憨厚的；有些具象化，甚至低俗。某些小资或许会鄙视，什么年代了！

丑妻只是一种谦虚的说法，就像在外人面前说自己认为最为优秀的儿子也只能称其为"犬子"。找老婆都是找漂亮的，无论于古于今都是如此，所以妻自是不丑的，又有情人眼里出西施之说。婚后吵吵闹闹是必不可少的，犹如生活的佐料，但多数时间还是手牵着手，密不可分。即使过了若干年，妻因家庭操劳不再似年轻时貌美，此时的夫估计也是大腹便便，亲情已经胜过了爱情，谁又会嫌弃对方！即便是携手走到了生命的尽头，也觉得意犹未尽，便相约来世。

狗是朋友，尽管城里不允许养。或许我们可以推广至挚友（丝毫没有贬义）。男人的社会性要强于女人，所以男人总会有一些"狐朋狗友"，闲时可以相邀把酒言欢，忙时可以两肋插刀。挚友不必多，但一定要铁。什么样的朋友算铁？你买房子钱不够时，打电话给朋友，对方会问还差多少，即使自己没有也会想方设法给你借一点，也从不问你什么时候还；你家里有事需要他帮忙时，一个电话他就能放下手头的事情立即赶到；他老婆生孩子，他儿子得奖状会第一时间告诉你，需要你帮忙时哪怕凌晨3点也会给你打电话，这就是你的朋友。

热炕头，炕头什么时候都是热的！下班后到家，不管面积有多大，装修是否奢华，一股温馨便扑面而来。即便凌乱也显生活气息，到处是孩子的玩具，或是几件没有来得及洗的衣服，几本刚刚翻过的杂志或者小说，几个过了夜的碗，这都是家庭气息不可或缺的因素。所以房子和家的本质区别在于里面的气氛，没有了这种美好的氛围，再大的房子终究只是房子而不是家!

一幅写意画便画好了。窗外是飞雪飘飘,室内亮着灯,一家人围坐在炉火旁,夫在看书,妻在整理着孩子的衣服,儿子在随手地涂鸦,一只老狗爬在地毯上昏昏欲睡,这不就是我们的理想么?简单而又奢侈,幸福而又遥远!

这三十六年

三十六年前我来到这个世界。那时候百废待兴，几颗巨星相继陨落，国之命运，几近飘摇；物资已近匮乏，地震却袭击了睡熟的人们，在陕西虽然没有大的伤亡，但人心惶惶，人们在随时提防着地面的摇晃。

终于一场大雨结束了惶恐，久旱的大地饥渴地吮吸着，简陋的防震棚无法抵挡暴风雨，大家纷纷回家，渐渐地人们安逸于久违的家居生活，没有人再愿意回到棚中。天晴了，盼来了安定和祥和。一个新的开始！便是那年母亲在防震茅草棚里生下我。

前十八年，艰辛而又有趣，繁重的农活丝毫没有影响我对童年的怀念。清澈见底的渭河水、浓密的河边树林、鱼虾乱跳的小池塘、散发着清香的玉米棒、简单有趣的玻璃球游戏，那么亲切，即使已经远去，仍历历在目。

我的启蒙教育是在邻村小寺庙里完成的。庙有些破落，佛像昏暗，蛛网尘埃，但法相威严，表情夸张，对小孩的确有着不小的震慑力。念了半年之后，终于搬迁进了小学。村办小学依旧简陋，水泥桌，砖头凳，充满了童趣。小鸟经常会在屋檐下做窝，偶尔还会飞进课堂，慌乱中从没有玻璃的窗户飞出。大雨后操场上一片汪洋，小伙伴们光脚的、穿鞋的疯了似的冲进水塘里打打闹闹；冬天，操场上全是滑雪、滑冰的伙伴们，大家甚至将桌面翻过来做成简易的滑雪板。

初中只有两年，其实初一是在小学上的。我是幸运的，五年制小学的最后一届，考上的上初一，没考上的上小学六年级。初中没有太多印象，只有很远的路程和经常发生的斗殴事件，学习非常平庸。

高中的我逐渐有了起色，高二的时候作文得到学校的奖励，也被评为三好学生，学习也逐渐显露头角。那时的我精力非常好，中午几乎没有午休过,也从未感到困倦。高中结识了许多朋友,这些都是一辈子的好朋友!我们经常偷偷跑到氮肥厂看电视剧《神雕侠侣》,午饭后像小鸟一样落在校门口的铁轨上晒太阳,或者周六跑到同学家打任天堂的街霸游戏。那时的我充满了希望和迷茫,喜欢汪国真的诗,朦胧中有了青春的悸动。高中毕业那年,办了身份证,准备落榜了就去南方打工!没有选择,生命对于农村子弟没有过多的迂回,就是这么直接和残酷。

十八年前的暑假炎热而又漫长,依稀记得西北大学的通知书送达的时候我在同学家,有点激动,毕竟迟到一个星期的通知书终于到手了。我时不时翻出看看,又小心翼翼收好。我的家庭太需要这个惊喜了!

那年我跨进了大学的校园,幽静小径泛着书香,楼房的青砖上爬满了青藤,路旁梧桐参天!我第一眼就喜欢上了这个地方,尽管在这个地方我也曾经失落过、迷茫过,但现在仍怀念。

离开农村的十八年,结识了新的朋友、兄弟、哥们,大家一起学习、一起工作、一起打球、一起上自习,简单、纯真、满怀憧憬。每晚卧谈会大家的话题总是令人怀念,宿舍脏乱但是充满了男人的气息;和挚友光着膀子,坐在路边的烤肉摊吃着烤肉,喝着啤酒,快意人生;和三五个好友,散坐在操场的月光下吹着牛、任凉风习染而过;或相约球场,出一身臭汗,打打闹闹,好不痛快;闲暇的日子和同事一起爬山,一起郊游,心情畅快;忙碌的日子和弟兄们一起加班,一起熬通宵,一起吃麻花方便面,一起改材料,一起写文档、写代码,互相激励着,不觉疲倦,倒觉得丝丝的感动!记得我们曾经发过滴眼液这样的福利品,记得喝醉了被朋友架回家的日子,记得第一个教师节给妻子买的项链,记得和干休所的老红军聊起那些峥嵘岁月,记得给孩子剪指甲的时候剪掉了肉,记得晚上散步时路边流浪歌手沧桑的歌声,记得……

看着自己的学生一届届毕业离开,有的已经成为栋梁,欣喜不已。昨日的青葱少年已然到了中年,一晃眼又过了十八年,我已离开校园,为人师、为人夫、为人父。青春的尾巴都已经悄然消失,多年没有参加劳作了,但依旧对农村、农活、村里的乡亲们感到亲切!城里的同学们依旧忙着各自的事业,大家都在同一座城市,时不时抓起电话聊聊天,大家也都熟悉了这种热闹而又寂寞的生活方式。

两个十八年都是我生命中最重要的十八年。前一个十八年,贫瘠而又充满希望,有阳光,有快乐的童年,有父母的庇护,有姐姐们的疼爱,翻越大山之后见到了城市的繁荣,这是人生的炼狱！后十八年,不断地在攀登,不断地在结识新的朋友,遇到新的挑战,承受新的蜕变！一路走来,认知的乐趣、求学的辛酸、师友的提携与校正,未知的旅程,人生有了些许的绽放和色彩。

这些年一直都在迷茫,先是迷茫自己,后是迷茫人生;迷茫中悟道,迷茫中前进;迷茫过后又有新的迷茫,迷茫中有喜悦,有成熟,有失望。

做点小事

　　上帝造人时大多数人都被造成了平凡人,像是小树上的叶子、小溪旁的石子、路旁的野花,当生命结束后就旋即消失得无影无踪,像是一阵风、一滴雨、一道光,刹那间就会被时间的洪水吞噬得无影无踪。

　　当然,我们也不沮丧!我们生来就是小人物,凡夫俗子,肉眼凡胎。习惯了三毛钱的葱、五毛钱的蒜,习惯了和朋友吹牛打发时光,习惯了老婆孩子热炕头。这其实就是老百姓的家长里短,琐碎小事,老百姓也有老百姓的乐呵,小人物也有小人物的痛快。

　　世界总是不太平的,危机时刻都有!不是这里打仗就是那里冲突,不是金融危机就是股市低迷,该打酱油仍然继续打酱油。我们既然做不了大事,就做点小事情。

　　陪陪家人。父母总是挂念着远在外地的儿女们,尽管他们的挂念并不能起到任何实质的作用,但就是那根风筝线,拽着我们思乡的情结。给父母打打电话,陪父母看看电视、买买菜,陪他们打打麻将,聊聊老家东家的孩子上了大学,西家的玉米丰收了。周末陪着妻儿爬爬山、打打球,陪孩子做会儿作业,陪老婆看场电影。在外打拼的男人们疲倦了、困顿了、迷茫了,家庭才是港湾,家人或许能指明你的方向,激发你的热情。

　　做做义工。义工是神秘的词汇,国人对义工并不认可,甚至对其持质疑态度。无论作秀也罢,还是心灵荡涤,义工实实在在地帮助了理应得到帮助的儿童、老人、病人、民工。我们作为这座城市的主人应帮助那些需要帮助的人。送人玫瑰者,手留余香!当然并不是我们必须捐款给"红十字会",捐款的数额并不能代表爱心的大小,只要我们用心去帮助每一个需要帮助的人,也许就是顺车捎别人一段,或许是帮社区的老人搬几袋米上楼,也可能是打扫一下公用的楼道。爱心就是一点、一滴、一丝、一缕汇集起来的。如果能参加有组织的义工活动那更好,没有组织自己就做一些。义工在心里!

  读读书,写写字。激流涌荡的社会留给我们每个人的时间非常有限,我们一直都处于被压榨的状态,写不完的报告、加不完的班、无穷无尽的工作,自由时间几乎成了奢侈品,有时整整一年读不完一本书,用笔也写不了几页纸。打印机代替了笔,电子书网络替代了书本。汉字个性的秀美完全消失了,只剩下了规整划一;电子书没有了墨香,没有了泛黄的痕迹。每当捧起沉甸甸的书时,你是否已经有了沉醉的感觉呢?

  2013年就这么悄无声息地来了,没有雪花的迎接,没有雷鸣的爆竹,细微的霾粒倒是随处都是,小人物看到的可能就只有微尘了!

附录

教育的本质就是爱
——《爱的教育》读后感*

作为曾经的教育工作者，又是一名初中生的家长，我对教育既觉得神圣，又觉得有一种使命感去探索教育的本质。在老师的推荐下，近期阅读了《爱的教育》，收获颇多。

《爱的教育》是意大利作家亚米契斯的作品，是一部著名的儿童文学作品，被认为是意大利人必读的十本小说之一。它以孩子的视角，采用了日记体的形式讲述了一个名叫安利柯的小男孩的成长的故事，详细地记录了他一年之内在学校、家庭、社会的所见所闻，字里行间洋溢着对国家、民族、父母、师长、朋友的真挚的爱。

中国的教育在教育的方法上过多地纠缠不清，譬如我们在池塘里养鱼，我们一直在讨论池塘是方的好还是圆的好，不断地改来改去，却没人关注池塘里的水质如何，是否可以满足鱼的成长需要。译者夏丏尊先生在翻译《爱的教育》时说过这样一段话："教育之没有情感，没有爱，如同池塘没有水一样。没有水，就不成其为池塘，没有爱就没有教育。"

那到底什么是爱？什么又是爱的教育？作为人之父母，这个命题既简单又复杂，是满足孩子欲望的溺爱，还是保姆式的陪护？作为家长，我和爱人也一直在探索如何教育好我们的儿子。

这个假期里，我们让孩子自己安排自己的学习，没有参加任何补习班，让他自行安排学习时间，自己预习，自己检查作业。初期错误多一些，渐渐学习更自觉更自律了；我们让孩子独自去寄快递，每天洗碗、拖地；我们外出就餐时，让他安排座位、点餐、结账，孩子逐渐学会了照顾别人。

---

* 孩子学校的家长作文。

这个假期里，孩子参加了校击剑队的集训，他坚持训练，遇到强手不气馁，终于获得团体第一、个人第三的好成绩。我们和孩子分享成功的同时，告诉孩子成绩不重要，重要的是坚持、坚韧、坚定。

俯下身去，和孩子平视，尊重孩子；给孩子锻炼的机会，让孩子自己体验成长的快乐；鼓励孩子，让孩子既体验了成功的喜悦，也能够承担失败的挫折。这就是父母对孩子朴素的爱。

爱是多么温馨的字眼，既高贵又平凡，人在一生当中要经历无数的爱：朋友之爱，父母之爱，夫妻之爱，子女之爱，等等。当然，父母对儿女的爱，教育者对被教育者的爱，也都是爱的长河中的一朵小浪花。读《爱的教育》，我走进了孩子们的生活，看到了他们是怎样学习、生活，以及怎样去爱的。在感动中，我发现爱中包含着对于爱的体验和分享，爱时时刻刻浸润在学习、生活、工作中，犹如空气。

前苏联教育家苏霍姆林斯基曾说："教育技巧的全部奥秘就在于如何热爱儿童。"马卡连柯也曾说："没有爱就没有教育。"的确，古代先师孔子有"仁爱"思想，有教无类；现代教育家陶行知有"爱满天下"的思想，他们都是伟大的教育家。教育中的爱是什么呢？

爱，是一次永远没有尽头的愉快的旅行，一路上经历着许许多多或快乐、或忧伤、或感动、或幸福的风景。它让你感受到人生的绚丽多彩。教育中有爱，充满爱，才会真正让孩子、让父母、让家庭体验和分享爱的教育。

《爱的教育》一书中描写了一群充满活力，积极要求上进，如阳光般灿烂的少年。他们有的家庭贫困；有的身有残疾；当然也有一些是沐浴在幸福中的。这些孩子虽然从出身到性格都有差异，但他们身上却都有着一种共同的东西——爱，爱己、爱人、爱国。分数、智慧并非教育的核心，爱己、爱人、爱国，这样的爱才是教育的本质，这样的教育才是完整的教育。

那只牵引我走出痛苦的大手*

记得二年级暑假的一天,一只大手引我走出了痛苦,每当想起那只温暖的大手就有一股感激之情油然而生。

那天父母带我到了美国最大的游乐园——迪斯尼。那里人山人海,好玩的项目一个接一个,我玩得尽兴极了,就连平时稳重的父母也玩得不亦乐乎。

直到下午我才感觉到自己有点累了,便和父母在路边的餐厅买吃的,一边等一边幻想着下一个项目。这时我被路中间的一队人吸引住了,那是一个小丑表演团,他们的服装和形象太好玩了。我一边啃着甜甜圈,一边就凑了上去。周围围满了人,看了一会表演等我回头一看,父母竟然没有跟上我。

我四处张望,希望能看到他们的身影,可身边全是陌生的面孔。我开始有点害怕了,我赶紧往回走,可是不知道他们往哪边走了。恐惧在心里滋长,我不会英文,也没有记住父母的电话,我多么希望自己能见到一个熟人,但这是不可能的!这是远在他乡的美国。

我急得满头是汗,我看着川流不息的人群,每个人脸上的笑容徒增了我的烦恼。就在这时,一个黑头发高个子的叔叔迎面走来,他看着我用中文问道:"小朋友,你的爸爸妈妈呢?"我已经急得说不出话来,只是使劲地摇头。他却明白了,就用温暖的大手握住了我的小手,安慰我说:"别害怕,叔叔帮你找父母!"我看到他坚定的眼神,心里对他充满了信任。他就这样牵着我的手在人群中穿梭,那时我感觉自己有了依靠,我只是想着父母能快点出现。

---

* 这是儿子的课堂作文。

当我终于找到同样焦急的父母时,我一下子扑到了妈妈的怀里,爸爸紧紧握住了叔叔的手。我感激的泪水充满了眼眶,流进了心田。

　　这件事已经过去了很多年,每当想起这件事我都会想起牵引我走出痛苦的那只大手!

我看我们班的展示台*

我们班的展示台是年级中一道亮丽的风景线,它位于班级走廊上那面洁白的墙上,上面整齐地粘贴着一篇篇优美的文章,格外引人注目!

我非常喜欢这个展示台,我经常会去关注它有没有增添新的内容,它也常使我流连忘返。这些文章都是我们班挑选出的最优秀的文章。它们有的富有哲理,有的扣人心弦;有的让人潸然泪下,有的让人心情愉悦;有的如日出之光,照亮我的心;有的如潺潺溪水,流进我的心田。

当我看到这些动人的文字时,我仿佛与作者面对面地交流,就好像看到了他们一颗颗善良的心,又好像看到了一个个进取的身影,我还看到了在令人尊重的老师的带领下同学们一张张充满自信的笑脸。

如果将我们的展示台比作一片茫茫而神秘的夜空,那么这些优美的作文就如同黑夜里一颗颗闪亮的星星,它们的光照亮着彼此,也照亮着我。我希望有一天我也能将一颗星星挂上神秘的夜空,照亮他人。

---

* 这是儿子的课堂作文。

后 记

这本小册子从准备出书到和出版社协调完所有出版事项,已经有足足一年时间,这期间既有自己的犹豫不决,也有材料的不断充实,不过总算像婴儿一样终于要呱呱坠地。第一篇文字收集于2008年,后面陆陆续续地写一点,至今已经有了近十年的历史了,许多文字现在看来确实粗糙和幼稚,但是我仍然保存着原来的风貌,毕竟当时的我就是这样的心态。

有如人生事,十之八九不尽如人意。在大学老师面前,我是不合格的教授;在研究生面前,我是不合格的导师;在企业员工面前,我是不合格的企业负责人;在妻儿面前,我是不合格的家人。尽管还有许许多多的不尽如人意,但我始终在不懈努力,始终寻找人生的百味。这平淡无奇的四十年权当是一种不完美但却真实的记忆吧!

感谢我的妻儿,为我提供了幸福的港湾。感谢我的母亲和亲人们,我为大家庭做得太少太少,还时时刻刻让亲人们担心挂念,实在是歉疚!感谢我的朋友诸君,和你们在一起,遇到再大的困难和挫折,我总能挺过难关。无论是熟知的还是未曾谋面的师友,交流总是受益匪浅,灵魂总是在洗涤之中,所以这本小册子的许多素材都是"窃取"了师友们的思想,请各位多多包涵。感谢我的同事们,不管是曾经的,还是现在的,你们带给我不断的提升,和你们一起从事着伟大的事业,实属幸事。

感谢西北大学出版社编辑的辛勤劳动,没有他们的认真负责,本书断然不会顺利地呈现在诸位的面前。

记得高中毕业时有位同学的毕业赠言是"吃白米饭,作锦绣文",再次把这句话赠与自己和我的朋友们。

2017年4月8日凌晨于望梦斋